Erich Kästner:
Die Schule der Diktatoren
Eine Komödie in neun Bildern

Mit Zeichnungen von Chaval

Deutscher
Taschenbuch
Verlag

dtv

Ungekürzte Ausgabe
Nach dem Text der ›Gesammelten Schriften‹
(Atrium Verlag, Zürich 1959) unter
Hinzuziehung der Erstausgabe von 1956
August 1991
2. Auflage Mai 1993
Deutscher Taschenbuch Verlag GmbH & Co. KG,
München
Lizenzausgabe mit freundlicher Genehmigung des
Cecilie Dressler Verlags, Hamburg

ISBN 3-85535-922-9
Umschlaggestaltung: Celestino Piatti
Gesamtherstellung: C.H. Beck'sche Buchdruckerei,
Nördlingen
Printed in Germany · ISBN 3-423-11015-5

Vorbemerkung

Dieses Buch ist ein Theaterstück, und der Plan hierzu ist zwanzig Jahre alt. Damals wurden viele, mit ihnen der Autor, um alle Hoffnungen ärmer und um eine Erfahrung reicher. Sie erfuhren, am deutschen Beispiel, daß sich der Mensch, unter Beibehaltung seiner fotografischen Ähnlichkeit, bis zur Unkenntlichkeit verunstalten läßt. Dressierte Hunde, auf den Hinterbeinen hüpfend und in Puppenkleidern, wirken abscheulich genug, – aber der dressierte, seine Würde und sein Gewissen apportierende, der als Mensch verkleidete Mensch ist der schrecklichste Anblick. Und obwohl er jeder Beschreibung spottet, wurde versucht, ihn zu beschreiben.

Dieses Buch ist ein Theaterstück und könnte für eine Satire gehalten werden. Es ist keine Satire, sondern zeigt den Menschen, der sein Zerrbild eingeholt hat, ohne Übertreibung. Sein Zerrbild ist sein Porträt. Kann ein solches Stück herkömmlich dankbare Rollen haben? Nein. Einen nuancierenden, die Figuren unterscheidenden Dialog? Nein. Eine Entwicklung der Charaktere? Nein. Tragische Konflikte? Nein! Dergleichen läßt der degradierte, der auf den Hinterbeinen tanzende Mensch nicht zu. Größe und Schuld, Leid und Läuterung, Wahrzeichen einer edlen Dramaturgie, liegen im Staub. Man muß es beklagen, doch zuvor muß man es bemerken.

Dieses Buch ist ein Theaterstück, und zwar, wollte man es etikettieren, eine Haupt- und Staatsaktion. Eine blutig burleske Diktatur wird durch eine tugendhafte Rebellion beseitigt. Dann wird der Rebell ermordet, und die nächste Diktatur etabliert sich. Er war für sie nur das Vehikel. Er war ihr Trojanischer Esel. –

Zwei Regierungen werden gestürzt, und beide nach den klassischen Regeln des Staatsstreichs. Doch zu den alten gesellen sich neue Methoden. Auch der Bürgerkrieg kennt moderne Waffen. Sprach früher ein Tribun zu fünftausend Männern, so sprach er zu fünftausend Männern. Spricht er heute zu zehn Millionen, so spricht er entweder zu zehn Millionen oder, wenn in der Tonkabine an einem Knopf gedreht wird, zu niemandem. Er ist besiegt und weiß es nicht. Er glaubt zu leben und ist tot. Die Technik des Staatsstreichs hat mit dem Staatsstreich der Technik zu rechnen.
Dieses Buch ist ein Theaterstück und hat ein Anliegen. Der Plan ist zwanzig Jahre alt, das Anliegen älter und das Thema, leider, nicht veraltet. Es gibt chronische Aktualitäten.

München 1956 *Erich Kästner*

Personen

Der Kriegsminister
Der Premier
Der Leibarzt
Der Professor
Der Inspektor
Der Präsident
Seine Frau
Sein Sohn
Der Major
Der Stadtkommandant
Der Vierte
Der Fünfte
Der Sechste
Der Siebente
Der Achte
Der Neunte
Paula
Doris
Stella
Eine Wirtin
Ein Matrose
Ein Hausierer
Ein Buchhalter
Ein Halbwüchsiger
Ein junges Mädchen
Der Nuntius
Der Doyen

Der Zehnte, der Elfte, der Zwölfte, der Dreizehnte, der Vierzehnte, ein Panzerleutnant, ein Unteroffizier, zwei Soldaten.

Das erste Bild

Saal in modernisiertem Palast. Feierlicher Staatsakt. Mikrophone. Blumen. Embleme. Auf thronähnlichem Sessel der Präsident, *mit Gehrock, Ordensband, Schnurr- und Backenbart. (Nötiger Hinweis: Haar- und Barttracht dürfen, um von Sache und Sinn nicht abzulenken, keinesfalls Erinnerungen an Figuren der neueren Geschichte wachrufen.) In angemessenem Abstande, nicht erhöht, sitzen die* Gattin *des Präsidenten und der* Sohn. *Sie: üppig, späte Reize, in Pose. Er: jung, gebildet, scheinbar uninteressiert, ernst.*
Auf der einen Bühnenseite, stehend, livrierte Diplomatie. An ihrer Spitze der Doyen *und der* Nuntius.
Auf der anderen Bühnenseite der Kriegsminister, *im Rollstuhl, voller Orden, ohne Beine. Neben ihm, stehend, der* Leibarzt *und, in Galauniform, der* Stadtkommandant. *Der Leibarzt: rundlich, jovial. Der Stadtkommandant: kühler Generalstäbler.*
Neben den offenen Flügeln des Balkons der Inspektor, *Majordomus des Präsidialhaushalts, Herr der Diener, Diener jedes Herrn. Vor dem Präsidenten, in der Bühnenmitte, an einem der Mikrophone, der* Premier- *und Innenminister. Man hört seine Ansprache, wie später die Antwort des Präsidenten, zwiefach: einmal direkt, zweitens, leicht nachklappend, vom offenen Balkon her, durch die Lautsprecher auf dem Großen Platz. Der Premier spricht ohne Konzept.*

Premier *am Schlusse seiner Rede:* Kabinett, Senat und Volk – das heißt, alle außer einem – bitten ihren Präsidenten – und das heißt, eben diesen Einen – bitten und bestürmen ihn, den Neugestalter unseres Staates, sein schweres Amt auf Lebenszeit ausüben zu wollen. Dieser bis auf seine Stimme einstimmige Wunsch bedarf, das weiß jeder, keiner Abstimmung und Zählung. Die Wahlurne wartet nur noch auf *ein* Votum, auf das seine. Freilich, die Unabsetzbarkeit, die wir als unwiederholbare Ehrung meinen, ist im Grunde, wir wissen es, eine Bürde ohne Grenze, eine Zumutung bis ans Grab. Wenn wir ihn, den Einen, trotzdem bitten und bestürmen, so nur, weil ohne ihn Volk und Staat ohne Kopf und Hand wären. Im Zeitalter des Absolutismus durfte ein König von sich sagen, der Staat sei *er*. Das war eine Lüge ins Gesicht der Geschichte, und fürstliche Anmaßung war es obendrein. Erst wenn wir den Satz aufgreifen, die Regierten statt des Regenten, empfängt er, endlich, Sinn und Würde. So verstanden, wollen wir unsere allstimmige Bitte, den Artikel über Ihre Unabsetzbarkeit durch Ihr Ja zu ratifizieren, in dem Ruf ausklingen lassen: Der Staat, unser Staat, sind *Sie*! *(verneigt sich tief, tritt zum Kriegsminister, der ihm kernig die Hand drückt.)*

INSPEKTOR *hat beizeiten am Balkon ein Zeichen nach draußen gegeben.*

SPRECHCHÖRE *mechanische, einstudierte Begeisterung der Massen auf dem Großen Platz:* Präsident – sag Ja! Präsident – sag Ja! Der Staat – bist Du! Der Staat – bist Du!

PRÄSIDENT *zieht langsam sein Manuskript aus der Brusttasche.*

INSPEKTOR *gibt ein zweites Zeichen. Die Sprechchöre verebben. Draußen und im Saal tiefe Stille.*

PRÄSIDENT *liest, sitzend und ins Mikrophon sprechend, die Rede ab. Pausen zwischen den Sätzen. Tonart markig. Bei Steigerungen prahlend:* Ich bin bekanntlich kein Freund vieler Worte. Ich ziehe es vor, Taten sprechen zu lassen. Die Welt weiß das. Ich habe nicht die Absicht, meinen Jargon zu wechseln. Die Weltgeschichte wird es eines Tages wissen. Manches haben wir im Lauf der Jahre durch die knappe, international verständliche Sprache der Taten erreicht. Die Freunde achten uns. Die Feinde fürchten uns. Das ist in unserem verfehlten Jahrhundert keine Selbstverständlichkeit mehr. Nicht *in* den Staaten. Nicht *zwischen* den Staaten. Wir haben unsere Grenzen ausgedehnt. Nicht etwa, um unsere Macht zu beweisen. Wirkliche Macht hält keine Manöver ab. Sondern um abgesprengte Teile unseres Volkes heimzuholen. Im Land herrschen Ruhe und Einmütigkeit. Es bedurfte keiner Überredung. Das Volk wurde überzeugt. Noch gibt er vereinzelte Widersacher. Neinsager aus Profession und Verräter in fremdem Sold und Auftrag. Aber sie hocken im Mauseloch der Angst. Ein Schritt, ein Satz genügt, und sie sitzen in der Falle. Mauseloch oder Mausefalle, die Leute haben die Wahl. Diese und keine andre. Man lasse es sich gesagt sein. Die Arbeit wurde erst halb getan. Ganze Arbeit ist nötig. Wer soll sie leisten? Wer kann sie leisten? Verantwortung ist unteilbar. Pflichtgefühl kennt, außer dem letzten Stündchen, keine Termine. Gegen das Amt und die Ehre, zu denen man mich auf Lebenszeit verurteilt hat, gibt es, vor Volk und Geschichte, keine Berufungsinstanz. Ich danke also für die schwere Last, die man mir hier und heute aufbürdet. Ich nehme Amt, Ehre und Bürde an!

INSPEKTOR *gibt einen Wink nach draußen.*

SPRECHCHÖRE *wieder in konfektionierter Begeisterung:* Hoch! Hoch! Hoch! Präsident – hab Dank! Präsident – hab Dank!

Von fern Kanonensalut.

KRIEGSMINISTER *schaut auf die Armbanduhr, nickt dem Stadtkommandanten befriedigt zu.*

PRÄSIDENT *steckt das Manuskript in die Brusttasche zurück.*

SPRECHCHÖRE: Wir wollen – den Präsidenten – sehn! Wir wollen – den Präsidenten – sehn! Präsidenten – sehn! ... denten – sehn!

PRÄSIDENT *steht auf und steigt vom Podium.*

GATTIN und SOHN *erheben sich.*

PRÄSIDENT *reicht der Gattin den Arm. Beide, hinter ihnen der Sohn, schreiten dem Balkon zu.*

DIPLOMATIE *verneigt sich konventionell.*

INSPEKTOR *gibt nach draußen ein Zeichen.*

Auf dem Großen Platz tritt Totenstille ein.

PRÄSIDENT *geht, um besser gesehen zu werden und um winken zu können, einen weiteren Schritt vor.*

VON DRAUSSEN *ein peitschender Schuß.*

PRÄSIDENT *taumelt, greift sich ins Gesicht.*

GLEICHZEITIG *Leibarzt läuft zum Präsidenten, untersucht die Wunde. Auf dem Großen Platz Tumult. Der Kriegsminister blickt den Stadtkommandanten ärgerlich an.*

STADTKOMMANDANT *eilig ab.*

INSPEKTOR *ruft in den Saal:* Ein Mann auf dem Dach der Akademie! *(Gewehrsalven. Inspektor meldet laut)* Er fällt. Hält sich an der Dachrinne fest. *(Draußen ein Aufschrei)* Erledigt.

LEIBARZT: Nur ein Streifschuß. Belanglose Fleischwunde *(zur Gattin des Präsidenten, sie an ihre Pflichten erinnernd)* Es besteht kein Grund zu ernstlichen Besorgnissen.

GATTIN *gespielt teilnahmsvoll:* Gott sei Dank.

DOYEN *zum Nuntius:* Ein schlechter Schütze.

NUNTIUS: Das käme auf seinen Auftrag an.

PREMIER *ist zum Präsidenten getreten:* Ich beglückwünsche Sie und uns!

PRÄSIDENT *wütend:* Ein schöner Geburtstag!

DOYEN *zum Nuntius:* Meine Regierung wird sehr betroffen sein.

NUNTIUS: Der Vatikan auch.

DOYEN: Worüber, Exzellenz?

NUNTIUS: Es ist nicht das erste Attentat auf ihn.

DOYEN: Er hat die Angewohnheit, die Attentäter zu überleben.

NUNTIUS: Eine schlechte Angewohnheit. Für seine Feinde.

LEIBARZT *zum Präsidenten:* Ich verordne Ihnen Bettruhe. Sie müssen sich schonen.

KRIEGSMINISTER *ruft vom Rollstuhl aus:* Der Premierminister sollte kurz zur Menge sprechen!

PREMIER: Kurz und unmißverständlich *(will zu einem der Mikrophone).*

PRÄSIDENT *hält ihn zurück, macht sich vom Leibarzt los und tritt selber vor ein Mikrophon.*

PREMIER *gibt nur widerwillig nach. Man tauscht hinterm Rücken des Präsidenten betroffene Blicke.*

PRÄSIDENT *gar nicht mehr in Stil und Ton seiner vorigen Ansprache:* Hier spricht der Präsident. Es ist nur ein Kratzer. Der Täter ist tot. Nicht ich. Es sollte wohl so sein. Und nicht zum ersten Male. Wäre ja auch ein schlechter Witz gewesen, wenn ich meine Ernennung auf Lebenszeit nur eine Minute überlebt hätte. Und schlechte Witze mag ich nicht. Immerhin, ich will meinem Glück nicht undankbar sein. *(holt tief Luft)* Anläßlich meines Geburtstags, meiner Ernennung, meiner Errettung, sowie im vollen Vertrauen auf die staatlichen Sicherungen amnestiere ich hiermit tausend politische Gefangene. Die näheren Ausführungen wird der Justizminister bekanntgeben.

Draussen *spärliche, schüchterne Hochrufe.*

Präsident *abwinkend:* Schon gut, schon gut! Und geht nach Hause! *(klopft der zusammenzuckenden Gattin auf die Schulter und nimmt ihren Arm.)*

Kriegsminister, Premier und Leibarzt *beherrschen sich nach Kräften. Die Balkontüren schließen sich automatisch.*

Nuntius *zum Doyen:* Seit wann ist er großmütig?

Doyen: Hoffentlich ist es kein Irrtum. *(tritt zum Präsidenten)* Exzellenz, das Ausland beglückwünscht Sie durch mich, den Doyen seiner diplomatischen Vertreter, vierfach, – zum Geburtstag, zur Ernennung auf Lebenszeit, zu Ihrer Errettung und zu der von Ihnen verkündeten großherzigen Amnestie.

Präsident: Ich danke Ihnen, Exzellenz. Ich danke dem gesamten Diplomatischen Corps. Großherzig, sagen Sie? Das ist übertrieben. Tausend Gefangene? Wir haben genug von der Sorte. *(gibt dem Doyen die Hand.)*

Diplomaten *verbeugen sich gemessen und gehen durch die sich automatisch öffnende Tür ab. Die Tür schließt sich hinter ihnen.*

Gattin *tritt jetzt voller Abscheu vom Präsidenten weg.*

Kriegsminister *wütend:* Eine Seele von Mensch, unser Herr Präsident! Die Güte selbst! Pastor hätten Sie werden sollen!

Präsident *ängstlich und ärgerlich zugleich:* Milde nach einem Attentat macht immer Eindruck.

Premier: Wir danken für die nachträgliche Belehrung.

Kriegsminister *eiskalt:* Stand die Amnestie in dem Manuskript?

Präsident *stampft mit dem Fuß auf:* Das Attentat stand auch nicht auf Ihrem Wisch! Ich bin es nicht gewöhnt, daß man auf mich schießt, während ich auf Balkons stehe!

LEIBARZT *besänftigend:* Aber meine Herren! Seine Erregung ist begreiflich. *(zum Präsidenten)* Ich mache Ihnen nachher eine Injektion. Mit Wundfieber ist nicht zu spaßen. *(mit einer Kopfbewegung zum Inspektor)* Bringen Sie ihn fort!

INSPEKTOR *packt den Präsidenten resolut am Arm.*

PRÄSIDENT *zögert.*

INSPEKTOR *ironisch:* Nach Ihnen, Herr Präsident!

Beide durch die automatisch regulierten Türen ab.

KRIEGSMINISTER: Man sollte den Kerl backpfeifen.

GATTIN: Es ist empörend! Nächstens haut er mir, vor aller Welt, eins hintendrauf! Als mein Mann noch lebte ...

KRIEGSMINISTER: ... waren Sie nicht so empfindlich.

LEIBARZT: Die Repräsentationspflichten der letzten Monate waren recht aufreibend. Wir sollten die hochverehrte Gattin unseres hochverehrten Präsidenten wieder einmal in die Natur schicken.

GATTIN *enchantiert:* Bravo, Doktor! Ich möchte nach Nizza.

PREMIER: Wir möchten das weniger. Es ist ein bißchen weit.

LEIBARZT: Soviel Natur wie im Hotel »Negresco« gibt's hierzulande auch.

KRIEGSMINISTER: Ich attachiere Ihnen einen jungen Major von der Kriegsschule, dem man diesbezüglich nichts vorwerfen kann.

GATTIN: Sie verspätetes Ferkel! Als mein Mann noch lebte, hätten Sie mir so etwas nicht ins Gesicht gesagt!

KRIEGSMINISTER: Nein, meine Beste! Ins Gesicht nicht.

GATTIN: Er hätte das, was von Ihrer Figur übriggebliebenen ist, verkehrt aufhängen lassen!

KRIEGSMINISTER: Sicher. Er hätte. Aber mir riß es damals nur die Beine ab und ihm den Kopf. Sogar Bomben und Höllenmaschinen sind ungerecht. Man muß sich damit abfinden.

GATTIN: Diese nachgemachten Kerle, mit denen ihr mich seitdem garniert! Diese ...

PREMIER: Das Staatsinteresse verlangte es, daß Ihr Mann seinen Tod überlebte.

GATTIN *lachend:* Das Staatsinteresse?

KRIEGSMINISTER: Hören Sie gut zu, Madame! Es war nicht ganz einfach, einen toten Diktator nachzumachen. Seine Frau durchzupausen, dürfte erheblich leichter sein.

PREMIER: Das ist anzunehmen.

PRÄSIDENTIN *weicht erschrocken zurück.*

LEIBARZT *gemütlich:* Sie lassen die Koffer packen und fahren ins Bad. Das Attentat hat ihre Nerven angegriffen. Die Presse und die Zeitungsabonnenten haben ein Herz für dergleichen.

KRIEGSMINISTER: Der Major reist in Ihrer Suite. Er wird Ihren Nerven guttun. Außerdem hat er aufzupassen, daß Sie keine Dummheiten machen. Außer mit ihm.

STADTKOMMANDANT *kommt eilig in den Saal.*

KRIEGSMINISTER: Nun?

STADTKOMMANDANT: Es war ein Student der Technischen Hochschule. Wadenschuß. Fiel vom Dach. Bruch der Schädelbasis. Der Portier der Akademie wurde verhaftet.

PREMIER: Die Angehörigen und Freunde des Studenten?

STADTKOMMANDANT: Alles Erforderliche wurde angeordnet.

KRIEGSMINISTER: Ausnahmezustand?

STADTKOMMANDANT: Ich möchte abraten. Die schärfsten Maßnahmen stumpfen am leichtesten ab.

PREMIER *nach kurzem Blick auf den Kriegsminister:* Also gut.

KRIEGSMINISTER: Danke, General.

STADTKOMMANDANT *salutiert und geht ab.*

KRIEGSMINISTER: Wieder ein Student! Bildung ist staatsgefährlich.

LEIBARZT *gutgelaunt:* Medizin hat zum Glück nichts mit Bildung zu tun.

PREMIER *zum Sohn des Präsidenten:* Werden Sie Ihre Frau Mutter begleiten?

SOHN: Ich bliebe lieber in der Hauptstadt.

PREMIER: Wie Sie wünschen.

KRIEGSMINISTER *zum Sohn:* Neulich hab ich geträumt, Sie hätten gegenüber der Universität einen Buchladen eröffnet. Auf dem Schild stand: »Inhaber – der Sohn des Präsidenten«. Ich konnte kaum wieder einschlafen.

SOHN *höflich*: Es war *Ihr* Traum, Herr Minister. Ich träume fast nie.

LEIBARZT: Nachts, meinen Sie.

SOHN *lächelt konventionell.*

PREMIER: Die Mutter reist. Der Sohn bleibt.

KRIEGSMINISTER *dreht sein Fahrzeug herum. Die Hebelgriffe stellen Säbelkörbe dar:* Und was wird mit dem Präsidenten? Ich bin seinetwegen in Sorge.

LEIBARZT *zuversichtlich:* Wir werden uns seiner Genesung nicht weniger widmen als dem Wohl des Staats.

PREMIER: Gehen wir. *(Die Tür öffnet sich.)*

Vorhang

Das zweite Bild

Zimmer des Präsidenten. Inmitten kostbaren Palastmobiliars eine Art Schusterwerkstatt. Neben und auf dem großen Arbeitstisch Stiefelschäfte, Sohlenleder, Schuhleisten, Hämmer, Messer, Feilen, Fadenwachs, Ahlen, Nägel. Auf einem Empiresessel Gehrock und Ordensband.

PRÄSIDENT *auf einem Schusterschemel, in Hemdsärmeln, einen Schuh im Knieriemen, ein paar Holzstifte zwischen den Lippen. Er nagelt, Stift um Stift aus dem Munde nehmend, sorgfältig einen Sohlenrand:* Eisennägel mit Köpfen sind härter. Holzstifte ohne Kuppen halten besser. So! *(nimmt erst eine Feile, dann Sandpapier. Raspelt den Sohlenrand glatt.)*

INSPEKTOR *herumlungernd:* Und warum sind Sie nicht bei Ihrem Leisten geblieben?

PRÄSIDENT: Es ergab sich. Nach eurer glorreichen Revolution. Als unsere Gewerkschaft aufgelöst wurde. Der Präsident kam ans *Ruder*. Und ich ins *Gefängnis*. – Sagen Sie, der wievielte Abklatsch unseres »großen Staatsmannes« bin ich eigentlich? Der dritte oder der vierte?

INSPEKTOR *schweigt.*

PRÄSIDENT: Na ja. Politik ist etwas sehr Schönes. Immerhin, im Gefängnis gab's Arbeit. Der Staat brauchte Soldaten. Und Soldaten brauchen Stiefel. Nach der Entlassung war's aus. Polizeiaufsicht. Drohbriefe. Eingeschlagne Fensterscheiben. Boykott. Feige Freunde. Schadenfrohe Nachbarn. Kam ein Kunde, war's ein Spitzel. Die Kinder hatten Hunger. Die Frau wurde krank. Litt an der modernen Krankheit namens Angst. Dagegen gibt's noch kein Serum. *(hämmert)* Ja, Politik ist etwas sehr Schönes. Als ich nicht mehr weiter wußte, lernte ich den Professor kennen. So ein Zufall, was? *(hält den Schuh dicht an die Augen und prüft die Sohle)* Und jetzt geht es der Frau und den Kindern gut. Sie leben bei meiner Schwiegermutter auf dem Land. Jeden Monat kriegen sie Post und Geld von mir. *(lacht)* Aus Casablanca! Weil ich doch geflüchtet bin und in Casablanca eine Werkstatt mit drei Gesellen habe! Der eine heißt Ali und ist ein blonder Berber. Ich kann das wie am Schnürchen. Und sie schreiben mir schöne Briefe. Nach Casablanca! Sie hätten große Sehnsucht nach mir. Aber ich solle um Gottes willen dortbleiben. *(legt den Schuh beiseite, nimmt einen anderen)* Politik ist etwas Wunderbares! Nur Pauls linkes Auge macht ihnen Sorge. Das rechte hat man ihm vor drei Jahren in der Schule ausgeschlagen. Weil sein Vater ein Staatsfeind ist.

INSPEKTOR: Brauchen Sie ein Taschentuch?

PRÄSIDENT: Seit wann sind Sie so frech zu mir?

INSPEKTOR: Seit heute, Herr Präsident.

Die Tür geht auf. Der LEIBARZT *und der* PREMIER *kommen. Hinter ihnen, im Rollstuhl, der* KRIEGSMINISTER. *Die Tür schließt sich. Der Premier nimmt in einem Sessel Platz.*

LEIBARZT *mit medizinischem Besteck, präpariert eine Injektion:* Krempel Sie einen Ärmel hoch! *(da der Präsident zögert, zum Inspektor)* Er möchte, daß Sie ihm helfen.

PRÄSIDENT: Ein Kratzer, nichts weiter.

LEIBARZT: Trotzdem, mein Bester. Sicher ist sicher. *(Macht die Einspritzung in die Armbeuge, tupft ab, gibt Spritze, Ampulle und Watte in den Besteckka-*

sten zurück, klopft dem Patienten auf die Schulter). So. Gleich ist alles vorbei. *(setzt sich neben den Premier.)*

PREMIER: Sie wissen, daß Ihre rührende Improvisation auf dem Balkon einen schweren Verstoß gegen den von Ihnen beschworenen Gehorsam bedeutet?

PRÄSIDENT: Der Moment war richtig. Und die Amnestie war richtig. Ich kenne die Bevölkerung besser als Sie. Außerdem freut mich die Sache. Sie waren ja wohl noch nicht im Gefängnis. Aber ich! *(lachend)* Bevor ich Präsident wurde.

KRIEGSMINISTER *kopfschüttelnd:* Er glaubt tatsächlich, daß wir tausend solche Subjekte auf die Straße lassen!

PRÄSIDENT: Nein? Sie wollen nicht? Ich warne Sie! Die Welt wird sich sehr wundern, wenn Sie eine Verfügung Ihres Präsidenten hintertreiben!

PREMIER *leicht belustigt:* Er warnt uns!

PRÄSIDENT *greift sich ans Herz.*

KRIEGSMINISTER: Ein zu dummer Mensch!

LEIBARZT *zum Inspektor:* Ziehen Sie ihm den Rock an! Es macht sich besser. *(zum Präsidenten)* Und *Sie* sollten sich nicht so aufregen! *(während sich der Präsident an den Hals faßt)* Da haben Sie's! Herzstiche. Atemnot. Setzen Sie sich hin, und halten Sie den Mund! Es ist gesünder.

PREMIER *zu Kriegsminister und Leibarzt:* Wir müssen mit dem Professor ernsthaft reden. Dergleichen darf nicht wieder vorkommen. Die ausländischen Diplomaten waren wie vor den Kopf geschlagen.

PRÄSIDENT *taumelt, jetzt im Gehrock, auf den Schusterschemel, trocknet sich die Stirn, ringt nach Luft. Nur der Inspektor beobachtet ihn.*

PREMIER: Man wird aus der Amnestie auf nachlassende Energie schließen. Auf den Versuch, einzulenken, ja, sich anzubiedern!

LEIBARZT *vergnügt:* Womöglich auf beginnende Altersweisheit!

KRIEGSMINISTER *mit der Faust auf die Lehne des Rollstuhls schlagend:* Jeder Erfolg, jeder Rückschlag und jedes Attentat machen den Präsidenten jünger und härter, feuriger und kälter. So lautet unser Katechismus. Die Welt greift schon in die Tasche, ehe er etwas haben will. Wehe dem Esel, der uns dazwischenpfuscht! *(Kopfbewegung zum Präsidenten hin)* Man sollte seinem Nachfolger die Zunge herausschneiden und im Bauch ein Grammophon einnähen lassen.

PRÄSIDENT *stiert sie an, will sich aufrichten, fällt auf den Schemel zurück:* Noch lebe ich, meine Herren! *(Man nimmt von ihm keine Notiz mehr.)*

PREMIER: Die Amnestie denke ich mir, in großen Zügen, folgendermaßen ...

KRIEGSMINISTER: Ich bin ganz Ohr.

PREMIER: Wir entlassen, für ein paar Tage, aus verschiedenen Gefängnissen und Lagern, hundert unserer zuverlässigsten Spitzel. Bei dieser Gelegenheit Aufnahmen für die Wochenschau und Interviews für Funk und Presse. Über die nahrhafte Anstaltskost, die gute Behandlung, die vielseitige Gefängnisbibliothek und die zufriedenstellenden sanitären Verhältnisse. Das Lob nicht zu dick aufgetragen und nur zögernd, ein wenig widerwillig erteilt. Für die Illustrierten am besten das eine und andere Genrebildchen mit nettem Text. »Wiedersehen mit der braven alten Mutter.« »Glücklicher Vater sieht sein Kind zum ersten Mal.« »Endlich wieder an der Drehbank.«

LEIBARZT *zum Kriegsminister:* Er hat die Phantasie einer Waschfrau.

PREMIER: Darf ich Ihre Bemerkung für ein Kompliment halten?

LEIBARZT: Es ist ja eines!

PREMIER: Nach, sagen wir, vier Tagen schicken wir die hundert Leute in die Gefängnisse zurück. Natürlich keinen in die Anstalt, aus der er vorher entlassen wurde!

KRIEGSMINISTER *schaut auf die Uhr:* Was uns *(mit Kopfbewegung zum Präsidenten)* der Idiot für Schereien macht! Ich müßte jetzt die Achte Panzerdivision inspizieren! Statt dessen amnestieren wir Spitzel!

PRÄSIDENT *mit letzter Kraft:* Doktor! *(zeigt auf seinen Arm)* War es *Gift*?

PREMIER: Die Panzer können warten.

PRÄSIDENT: Doktor! Muß ich sterben?

LEIBARZT: Ja. Warum?

PRÄSIDENT *greift sich an den Hals. Heiser:* Mörder! Ihr Mörder!

KRIEGSMINISTER: Ungehorsam ist eine Krankheit, die hierzulande tödlich verläuft. Das lernt man schon in der Schule.

PREMIER: Eine Krankheit, die immer seltener wird.

LEIBARZT: Wir haben's eilig. *(zum Inspektor)* Schreiben Sie! – »Bulletin. Datum. Das empörende Attentat auf den Staatschef ist, zum Glück des Landes, glimpflich abgelaufen. Die Kugel streifte die rechte Gesichtshälfte unterhalb des Jochbogens. Die Wunde ist etwa fünf Zentimeter lang. Vorsichtsmaßregeln wurden sofort ergriffen.«

INSPEKTOR *schreibend:* ».. ergriffen.«

PRÄSIDENT *hilflos und jammernd:* Und das Geld? Das Geld aus Casablanca? Für die Frau und die Kinder?

INSPEKTOR *unwillig:* Pst!

LEIBARZT: »Dem Präsidenten wurde vorsorglich strikte Bettruhe verordnet. In spätestens einer Woche wird er wieder den Staatsgeschäften nachgehen können. Der Leibarzt. Unterschrift.«

INSPEKTOR: »Der Leibarzt. Unterschrift.«

PREMIER: Die Erklärung geht sofort dem Pressechef des Innenministeriums zu. Er veranlaßt das Weitere.

PRÄSIDENT *dem Ersticken nahe. Rafft sich auf. Versucht zu stehen. Torkelt. Schreit:* Freiheit! *(bricht über seinem Schustertisch zusammen.)*

KRIEGSMINISTER *blickt auf die Armbanduhr.*

LEIBARZT *tritt zur Leiche. Untersucht Puls und Auge:* Wir können gehen. *(zum Inspektor)* Sie bürgen dafür, daß sich der teure Entschlafene in Rauch und Wohlgefallen auflöst.

KRIEGSMINISTER: Und daß niemand seine Abwesenheit bemerkt! Keiner außer Ihnen betritt das Zimmer!

INSPEKTOR: Ich lasse die Mahlzeiten für den Präsidenten im Vorzimmer abstellen, serviere sie hier und esse sie selber.

LEIBARZT: Guten Appetit!

KRIEGSMINISTER *drängend:* Meine Herren? *(schwenkt den Rollstuhl herum.)*

PREMIER *zum Inspektor:* Telefonieren Sie! Man soll uns etwas kaltes Geflügel zum Auto schicken. Wir essen während der Fahrt.

LEIBARZT: Und zwei Flaschen Beaujolais.

KRIEGSMINISTER: Und sagen Sie die Inspektion ab!

INSPEKTOR: Achte Panzerdivision. *(geht zu Tür.)*

LEIBARZT *zeigt auf den Toten:* Und die Hauptsache!

INSPEKTOR *beim Türöffnen:* Kaltes Geflügel, Beaujolais, Achte Panzerdivision – und die Hauptsache!

Vorhang

Das dritte Bild

Parkszenerie. Gestutzte Hecken. Im Hintergrund, seitlich angeschnitten, Rückfront eines Rokokoschlößchens, blinde Fenster, schmale Freitreppe zu kleinem Portal. Im Vordergrund bequeme moderne Gartenmöbel und eine pikante Marmorgruppe, Stil Louis XV. Auf einem Stuhl Pauline *im Negligé, mit Lockenwikkeln, mollig, phlegmatisch. Im Gras* Doris, *Zehennägel lackierend.*

PAULINE: Es gibt zwei Sorten Männer. Die einen bestellen Sekt, weil er teuer ist, und die andern, obwohl er teuer ist.

DORIS *wie meist, ironisch und in parodistisch »gewählter« Rede:* Es soll, wie man zuweilen hört, auch Männer geben, denen Sekt *zu* teuer ist.

PAULINE: Ich war immer in den feinsten Etablissements!

DORIS: Da lernt man die Welt kennen.

PAULINE: Das walte Gott! Und wie teilst *du* die Männer ein?

DORIS: Ich widmete mein Dasein der lieblichen Vermutung, daß sich jeder vom andern unterscheide.

PAULINE: Wo du sonst so intelligent bist!

DORIS: Ich habe sie weder gezählt, noch sortiert.

PAULINE: Tu's trotzdem! Mich interessiert deine Meinung viel mehr als meine.

DORIS: Sie kann uns nichts mehr nützen. *(legt sich ins Gras zurück)* Es gibt Männer, die von einer Dame erwarten, daß sie sich zu jeder Tages- und Nachtzeit als Dame verhält. Das sind die Langweiligsten. Es gibt Männer, die darauf bestehen, daß man das Damenhafte mit den übrigen Kleidungsstücken über den Stuhl hängt. Das sind die Nettesten. Und die Gefährlichsten. Denn das Zeug aus dem Wäschegeschäft findet man hinterher wieder. Aber das andere? *(lacht)* Ich fand eines schönen Morgens nicht einmal mein Hemd mehr.

PAULINE *lüstern:* Wie kam das?

DORIS: Dann gibt es welche, die ausgerechnet zu uns, bewährten Künstlerinnen ihres Gewerbes, kommen, damit wir ihnen die vornehme Dame in jeder Lebenslage vorspielen.

PAULINE: Anstrengende Leute!

DORIS: Sie zahlen gut. Viertens und letztens gibt es Männer, die von einer Hure nichts weiter wünschen, als daß sie eine Hure ist. Das dürften die Bequemsten sein. *(legt einen Arm über die Augen)* Falls ich mich nicht irre.

PAULINE: An den vier Sorten ist was dran. Vergiß deine Zehen nicht!

DORIS *setzt sich schnell auf:* Laßt uns das Weiberfleisch polieren! Mit Narden, Rosenöl und Nagellack! *(pinselt die Zehennägel sorgfältig)* Das staatlich angestellte Haremsfleisch mit Beamtencharakter und Pensionsberechtigung! Für wen strickst du eigentlich Handschuhe?

PAULINE: Für den ohne Blinddarm. Er war Chauffeur bei der Staatsbank. Genau wie mein Bruder.

DORIS: So etwas verbindet. Wie kam er hierher?

PAULINE: Es muß mit einem Goldtransport zusammenhängen, der ausgeraubt wurde. Er spricht nicht gern darüber.

DORIS: Schloß Belvedere ist eine Abfalltonne. Ungeschickte Bankräuber! Selbstmörder, denen der Strick riß! Kaufleute nach dem dritten Bankrott!

PAULINE: Für Dreck hat der Professor eine feine Nase.

DORIS: Freiheitssänger, denen in der Dunkelheit das

Singen verging! Abenteurer ohne Abenteuer! Dazu ein halbes Dutzend Frauenzimmer wie du und ich! Exemplare aus der erotischen Leihbibliothek! Billige Bettlektüre! Damit die Bande nicht überschnappt!

PAULINE: »Zappelnde Wärmflaschen«, sagtest du neulich. Das fand ich besonders hübsch.

Die Pavillontür öffnet sich. STELLA, *ein blasses junges Mädchen, tritt zögernd ins Freie. Sie geht langsam auf die beiden anderen zu.*

STELLA: Störe ich Sie?

PAULINE: Komm her und setz dich!

STELLA: Man hat mir Zimmer Sechs gegeben. Es ist Ihnen doch recht?

PAULINE: Es stand sowieso leer.

DORIS: Deine Vorgängerin gab vor vierzehn Tagen plötzlich ihren Geist auf. Ohne bis dahin einen solchen besessen zu haben. Das war das Erstaunlichste an der Geschichte.

STELLA: O, woran starb sie denn?

DORIS: An einem zu kräftigen Händedruck.

PAULINE: Ich wohne in Fünf und hörte sie schreien. Dann brüllte ein Mann. Dann war's aus.

STELLA *entsetzt:* Der Präsident? *(Die beiden schweigen)* Der Präsident hat eine Frau – erwürgt?

PAULINE *strickend:* Eifersucht ist eine heimtückische Krankheit.

STELLA: Aber wie kann der Präsident auf eine von Ihnen, Verzeihung, auf eine von uns eifersüchtig sein? Man weiß draußen ganz gut Bescheid, wie es hier zugeht. Daß er im Belvedere einen Harem hat und fast täglich mit seinem gepanzerten Auto herauskommt! Deswegen bin ich ja hier!

DORIS: Deswegen?

STELLA: Darf ich Sie um etwas bitten? Wenn er das nächste Mal da ist – Sie kennen ihn ja doch ganz gut, alle beide – könnten Sie ihm dann beibringen, daß im Zimmer Sechs eine Neue wohnt, ein hübsches junges Mädchen? »Hübsch« ist vielleicht nicht wahr. Aber »jung«, das stimmt.

DORIS: Und warum hast du's so eilig?

STELLA: Ich muß ihn sprechen.

PAULINE *lacht:* Sprechen?

STELLA: Alles, was er will. Es kommt nicht mehr drauf an.

DORIS: Erzähl uns deine Geschichte! Wir schwärmen für Sittengemälde. Zuerst, wie heißt du?

STELLA: Stella. Mein Vater ist Senator. *War* Senator. Eines Tages ließ ihn ein sehr hoher Staatsbeamter rufen und teilte ihm mit, daß er ihn, aus politischen Gründen, umgehend verhaften lassen werde, – es sei denn, ich zöge als Vorleserin in sein Landhaus.

PAULINE: Vorleserin war ich auch einmal. Mit sechzehn. Der alte Knabe hatte tolle Bücher!

DORIS: Und da sagte der Senator zu seiner Tochter: »Sei ein gutes Kind, gehorsam und brav, kauf dir Spitzenwäsche, vergiß die Zahnbürste nicht, und hab immer vor Augen und im Herzen, was mir geschähe, wenn der sehr hohe Staatsbeamte mit dir unzufrieden wäre. Gott schütze dich, und sei fleißig!«

PAULINE: Und du gingst.

STELLA: Ich ging. Später kam er trotzdem ins Gefängnis. Obwohl ich bis dahin ... *(senkt den Kopf, dann)* Obwohl der andere sehr zufrieden war. Ich floh. Ich wollte den Präsidenten sprechen. Man ließ mich nicht vor. Nicht einmal der Leibarzt, den ich kenne, brachte es zuwege. Aber ich durfte bei seiner Schwester wohnen. Dort traf ich einen alten

Herrn. Ich erzählte ihm alles. Und er verhalf mir hierher.

DORIS: Wie reizend von ihm.

STELLA: Schlimmer, als es war, kann es nicht werden. Und mein Vater sitzt im Gefängnis.

PAULINE: Deine stets dankbare Tochter Stella!

DORIS: Hör gut zu: Es gibt gar keinen Präsidenten!

STELLA *begreift nicht.*

PAULINE: Er ist längst mausetot!

PROFESSOR *kommt, Hände auf dem Rücken, aus dem Park, bleibt, von den Mädchen unbemerkt, stehen und hört zu.*

STELLA: Tot? Und wer hält die Reden? Wer setzt die Minister ab? Wer unterschreibt die Todesurteile? Wer weiht die Denkmäler ein? Wer wird bei Attentaten verwundet?

DORIS: Papageien im Gehrock. Aufgezogene Automaten, ungefähr so groß und breit wie der Präsident, bevor er krepierte. Zur Zeit regiert der dritte Hampelmann. Oder der vierte.

PAULINE: Wir kennen sie auseinander. Den Gehrock behalten sie bei uns nicht an. Der eine hat einen Leberfleck am rechten Schulterblatt, der andere eine Blinddarmnarbe, der dritte hat Hühneraugen.

DORIS: Und auch sonst bemerken wir mancherlei, was bei Denkmalseinweihungen nicht unbedingt auffällt.

STELLA *springt hoch:* Ich will fort!

PAULINE: Von uns kommt keine wieder heraus. Höchstens mit den Füßen vorneweg.

PROFESSOR *näher kommend:* Nicht einmal dann.

STELLA: Das *ist* er!

DORIS: Der nette alte Herr? Du bist eine Menschenkennerin.

PROFESSOR: Redseligen Senatorentöchtern muß man beizeiten einen Beruf verschaffen, der sie anderweitig ausfüllt. Sie haben sich mit Ihren neuen Kolleginnen schon angefreundet? Das ist recht, mein Kind. Sie werden von ihnen vieles lernen können.

STELLA *will ihm an die Kehle.*

PAULINE *umklammert sie:* Laß den Unsinn!

Ein GONG *ertönt.*

PROFESSOR: Es ist soweit. Keine verläßt ihr Zimmer. *(zu Stella)* Studiere die Hausordnung und die Strafen, mit denen hier Insubordination vergolten wird! Sollte dir der Präsident, den es nicht gibt, schon heute die Ehre seines Besuches zugedacht haben, empfange ihn, wie es sich für eine gute Staatsbürgerin ziemt! Fort mit euch!

DORIS *während sie die willenlose Stella unterfaßt:* Warum besuchen *Sie* uns nie?

PAULINE *lacht hämisch.*

PROFESSOR *leise:* Fort mich euch!

Während PAULINE *und* DORIS STELLA *in den Pavillon führen, blickt der* PROFESSOR *prüfend in die Kulissen. Es kommen der* VIERTE, *der* FÜNFTE, *der* SECHSTE *und der* SIEBENTE *auf die Bühne. Alle vier gleichgroß, gleichbreit, in gleicher Gangart und Körperhaltung, im Gehrock mit Ordensband, mit der aus dem ersten Bild bekannten Haar- und Barttracht, – vier Kopien des Präsidenten.*

PROFESSOR: Vierter! Sie humpeln! Haben Sie das bei mir gelernt?

VIERTER: Es sind die Hühneraugen, Herr Professor.

FÜNFTER: Laß dir von einem der Mädels ein Seifenbad machen.

VIERTER: Eigentlich hatte ich was andres vor. *(beide feixen.)*

PROFESSOR *zum Sechsten:* Und unser Freund, der sich selber zum Witwer gemacht hat! Wieder auf Freiersfüßen? Ohne Hühneraugen? Falls Sie Erinnerungen auffrischen wollen, – Zimmer Sechs ist wieder belegt. Aber, wenn ich bitten darf, Vorsicht beim Streicheln der Halsgegend!

SECHSTER *drängt sich schweigend an den Siebenten.*

SIEBENTER: Sie wissen, daß er jetzt nicht an Weiber denkt. Ich hab ihn in den Park geschleppt. Er hat keinen Willen mehr.

PROFESSOR: Ein höchst traitabler Zustand.

FÜNFTER: Dürfen wir uns verabschieden?

VIERTER: Der Schlaf vor Mitternacht ist der gesündeste.

PROFESSOR: Wie das liebe Vieh. Nein, schlimmer. Fort! Und kommt pünktlich zum Unterricht!

VIERTER und FÜNFTER *in Präsidentenhaltung in den Pavillon ab.*

PROFESSOR *schaut hinterdrein:* Animal ridens. Der Mensch, das lachende Tier. *(zum Siebenten)* Wie weit sind Sie mit der Rede unseres hochverehrten Präsidenten zur Eröffnung der Exportmesse?

SIEBENTER: Das Statistische Amt hat unseren zweiten Brief noch nicht beantwortet.

PROFESSOR: Unseren *zweiten*?

SIEBENTER: Die Außenhandelsbilanz hätte sich für die Märchenstunde in unserem Rundfunk geeignet. Nicht für Fachleute aus anderen Ländern. Ich habe, selbstverständlich in Ihrem Namen, um glaubwürdigere Unterlagen gebeten.

PROFESSOR: Übertreiben Sie Ihre Unentbehrlichkeit nicht, Nummer Sieben! *(geht ab.)*

SIEBENTER: Er droht mir zu oft. Sogar er macht Fehler. *(nötigt den anderen auf einen der Stühle)* Bist du imstande, mir aufmerksam zuzuhören? Ich ließe dir gern Zeit. Aber wir haben keine.

SECHSTER: Warum?

SIEBENTER: Wir haben die Geburtstagsrede des Präsidenten am Radio gehört. Die Sätze *nach* dem Attentat standen nicht im Manuskript. – Die Amnestie war eine politische Dummheit. Man kann auch an Kugeln sterben, die nicht treffen. Unser braver Schuhmacher dürfte somit seine halbjährige Regierungszeit beendet haben. Heute, spätestens morgen, wird das Triumvirat auftauchen und den Nachfolger bestimmen.

SECHSTER: Dich!

SIEBENTER: Nein. Der Professor wird ihnen abraten. Er mißtraut mir, und er braucht mich. Vermutlich werden sie dich mitnehmen. Du bist, wie er es nannte, in einem höchst traitablen Zustande.

SECHSTER *grübelnd:* Du glaubst, sie haben meine Frau absichtlich hierhergeschleppt? *Damit* ich sie umbrächte?

SIEBENTER: Sie wußten, daß sie dich ruiniert hatte. Daß du dein Vorleben ihretwegen ausgelöscht hattest. Daß du, trotzdem, dreimal ihretwegen ausbrechen wolltest. Du warst zu aufsässig.

SECHSTER: Liebhaber und Geld gab's doch draußen genug! Was wollte sie *hier*? Und wie lockte er sie her? Ich kann sie nicht mehr fragen. Es ging so rasch. Erst erkannte sie mich nicht. Wegen des Bartes. Und als sie sich wie ein Luder anbot, schlug ich zu. Und schrie, wer ich sei. So ein Frauenhals ist zerbrechlich wie ein Weinglas. Sie hielt ganz still. Es war ihr recht.

SIEBENTER: Sie war Morphinistin. Das Rauschgiftdezernat wird sie ihm zugespielt haben. Und als sie erst im Käfig saß, brauchte er nur noch zu warten. Auf ein paar Tage kam es ihm nicht an.

SECHSTER: Eine nette, kleine Tragödie.

SIEBENTER: Das Zeitalter der Tragödien ist vorbei. Es

gibt nur noch Unglücksfälle. Wie an Straßenkreuzungen.

SECHSTER: Ich werde ihm den Unglücksfall heimzahlen.

SIEBENTER: Eines Tages. Vielleicht. Zur Sache. *(holt die Hälfte einer alten Münze heraus)* Falls du an die »Regierung« kommst, gib dem Sohn des Präsidenten die Hälfte der alten römischen Münze. Man wird euch bald miteinander bekannt machen. Schließlich bist du ja sein »Vater«.

SECHSTER *betrachtet die Münze.*

SIEBENTER: Gib ihm die halbe Münze, während ihr euch die Hand reicht. Niemand darf es merken. Tue im übrigen, stets und aufs Haar genau, was die Drei von dir verlangen!

SECHSTER: Wenn sie nun, heute oder morgen, nicht mich holen, sondern den Vierten oder Fünften oder einen anderen, gibst du dann die halbe Münze *ihm*?

SIEBENTER: Ich muß warten, bis *du* an die Reihe kommst. Du bist zuverlässig.

SECHSTER: Wieso ist der Sohn des Präsidenten noch am Leben?

SIEBENTER: Man braucht seine Mutter und ihn als Beweise für die Echtheit des Präsidenten. Die beiden sind dessen Legitimation. Außerdem hat er in fünf Ländern, versiegelt und in geheimen Tresors, Aufzeichnungen deponiert, die nach seinem Tode veröffentlicht würden. Jedenfalls glauben das die Drei. Sie sind um seine Gesundheit sehr besorgt.

SECHSTER: Schade, daß er nicht stirbt.

SIEBENTER: Ein Glück, daß er lebt.

SECHSTER: Was hast du für Pläne?

SIEBENTER: Du darfst sie nicht wissen. Aber du sollst dabei helfen.

SECHSTER: Und warum soll ich ihm die halbe Münze geben?
SIEBENTER: Er hat die andere Hälfte.

Vorhang

Das vierte Bild

Arbeitszimmer des Professors. Bücher, Akten, Telefone, elektrisches Schaltbrett, vergitterte Fenster. Anwesend sind: Professor, Premier, Kriegsminister *und* Leibarzt.

PROFESSOR *telefoniert:* Ich will, bis auf Widerruf, nicht gestört werden. *(legt auf. Händereibend)* Ich freue mich, daß Sie mir wieder einmal die Ehre Ihres Besuchs zuteil werden lassen. Man sieht einander zu selten. Das legendäre Panzerauto, das zwischen der Hauptstadt und Schloß Belvedere hin- und herrast, ist ein kümmerlicher Kontakt. Ein leeres Auto, worin angeblich ein Präsident sitzt!

KRIEGSMINISTER: Wir sind ziemlich beschäftigt.

PREMIER *am Fenster:* Herrliche Baumgruppen. Frische Luft. Abendfrieden zu jeder Tageszeit. Sie sind zu beneiden.

PROFESSOR: Ich habe Sie erwartet. Unser braver Schuhmacher ist also gestorben.

PREMIER: An den Folgen einer leichtsinnigen Amnestie-Erklärung.

LEIBARZT: Die ärztliche Kunst versagte.

PROFESSOR: Damit muß man immer rechnen.

KRIEGSMINISTER *blickt auf die Armbanduhr.*

PROFESSOR: Sie können, wenn es Ihre kostbare Zeit zuläßt, dem Unterricht beiwohnen.

KRIEGSMINISTER: Wir *können?* Wir *werden!*

PREMIER *zum Professor:* Sie haben sich nur versprochen.

KRIEGSMINISTER: Sie können! Ums Haar hätte er gesagt: Sie *dürfen*!

PROFESSOR: Vorsicht! *(zeigt auf den Zuschauerraum)* Man hört uns zu.

DIE DREI ANDEREN *mustern die Zuschauer. Überrascht, aber kaltblütig.*

KRIEGSMINISTER: Die Leute sehen aus, als seien sie lange nicht eingesperrt gewesen. Vollgefressen und unverschämt.

PREMIER *taxiert:* Zehn Lastwagen genügten.

KRIEGSMINISTER: Ein paar Baracken. Elektrisch geladener Stacheldraht. Eine Latrine. Ein paar Scheinwerfer. Ein paar Maschinengewehre.

PREMIER: Staatlich gelenkte Sterblichkeit.

LEIBARZT: Die Herrschaften wissen noch nicht, wie fidel es sich ohne Rückgrat lebt.

KRIEGSMINISTER: Pack! *(zum Professor)* Aber es wird Ihnen nicht gelingen, uns mit alten Theatertricks abzulenken. So leicht zaubern Sie uns die Wirklichkeit nicht aus dem Zylinder!

DIE VIER *wenden sich wieder vom Zuschauerraum ab, als existiere er nicht mehr.*

PREMIER: Der Kriegsminister nahm an Ihrer Formulierung Anstoß.

KRIEGSMINISTER: »Sie können, wenn es Ihre kostbare Zeit zuläßt!« *(haut auf den Rollstuhl)* Ironie vertrag ich nicht, verstanden?

PROFESSOR *zum Leibarzt:* Sie sollten unserm Kasernenhofcholeriker eine Beruhigungsspritze geben. Aber, bitte, keine zu starke Dosis. Kriegsminister möchte ich nicht auch noch züchten. *(zum Kriegsminister)* Kommandieren Sie, wen Sie wollen. Mich nicht. Diese Schule war *mein* Gedanke. Ohne sie könnten Sie jetzt in Ihrer hübschen Uniform hinterm Schalter Briefmarken verkaufen. Oder in irgendeinem abgelegenen Dschungel wilden Völkerstämmen den Gebrauch des Zündnadelgewehrs beibringen. Daß Sie statt dessen einer der modernsten

Armeen befehlen, daß Ihnen die Waffenlieferanten Blankoschecks, für jeden Betrag und in jeder Valuta, zustecken und daß Sie harmlose Senatorentöchter in die Geheimnisse der Liebe einweihen können, »wenn es Ihre kostbare Zeit erlaubt«, verdanken Sie mir! Erinnern Sie sich gelegentlich daran.

PREMIER: Wir haben miteinander auszukommen. Der Staat hat Platz für vier Männer. Zwist wäre Selbstmord.

LEIBARZT: Im Quartett.

KRIEGSMINISTER: Gut. Erledigt. – Ist das kleine Luder schon eingetroffen?

PROFESSOR: Vor einer Stunde.

KRIEGSMINISTER *blickt auf die Armbanduhr:* Ich werde mich mit ihr ein wenig unterhalten. Nur so lange, bis sie mich auf den Knien bittet, hierbleiben zu dürfen. Sie weint allerliebst.

PROFESSOR: Ihr Besuch im Pavillon widerspräche der Hausordnung.

KRIEGSMINISTER: Schade, Herr Lehrer.

PROFESSOR: Sie brauchen einen neuen Präsidenten, Exzellenz. Das ist im Augenblick wichtiger. *(nimmt einen Stoß großformatiger Fotografien vom Schreibtisch)* Zunächst ein paar Worte zum Thema Ähnlichkeit. Links sehen Sie den echten Präsidenten. Rechts die erste Fälschung.

LEIBARZT: Den Kriminalinspektor, durch den er sich manchmal vertreten ließ.

PROFESSOR: Ganz recht.

KRIEGSMINISTER: Hätte der am Tag des Attentats keine Gallenkolik gekriegt, lebte der echte womöglich heute noch.

LEIBARZT: Ein Glück, daß es Kriminalinspektoren mit Gallensteinen gibt.

PREMIER: Die Ähnlichkeit ist frappierend.

PROFESSOR: Ich lege den echten Präsidenten beiseite

und konfrontiere den Kriminalinspektor mit dem Falsifikat Nummer Zwei.

PREMIER: Dem ersten Abiturienten Ihrer Anstalt.

LEIBARZT: Dem Damenfriseur, der in einem fort den Kopf unsrer verehrten Präsidentin bearbeitete. *(summt)* »Figaro, Figaro, Figaro!«

PROFESSOR: Er hing sehr an seinem Beruf. Und starb eines natürlichen Todes.

KRIEGSMINISTER: Was es alles gibt!

PREMIER: Die Ähnlichkeit ist frappierend.

PROFESSOR: Ich lege den Kriminalinspektor beiseite und zeige Ihnen neben dem Friseur den gewerkschaftlich organisierten Schuhmacher, der an seiner Amnestieerklärung erstickte.

PREMIER: Die Ähnlichkeit ...

LEIBARZT: ... ist frappierend.

PROFESSOR: Was läßt sich daraus schließen?

KRIEGSMINISTER: Sehr einfach. Daß alle vier einander zum Verwechseln ähnlich sahen.

PROFESSOR: Falsch! *(hantiert)* Ich halte, beispielsweise, das Original neben den Schuster. Wie steht's jetzt mit der Ähnlichkeit?

LEIBARZT: Man sieht Unterschiede. Zweierlei Kinnladen. Auch die Schläfenpartie.

PREMIER: Tatsächlich.

KRIEGSMINISTER: Kartenkunststückchen.

PROFESSOR: Ergo?

PREMIER: Die Ähnlichkeit zwischen jedem Vorgänger und seinem Nachfolger überzeugt eher als die zwischen weiter auseinanderliegenden Fällen.

KRIEGSMINISTER: Klingt wie'n geometrischer Lehrsatz.

PROFESSOR: Der Premier hat nicht unrecht. Doch ich wollte Ihnen etwas anderes demonstrieren. Eine noch fundamentalere Beobachtung. Deshalb mußte ich manipulieren. Sie haben soeben den echten Präsidenten für den Friseur gehalten. Den Friseur für den Schuhmacher. Den Schuhmacher für den Kriminalinspektor. Und den Kriminalinspektor für den echten Präsidenten. Der eben formulierte, stichhaltig scheinende Lehrsatz über die Ähnlichkeit erleidet eine erstaunliche Einbuße in der Dimension der Zeit.

LEIBARZT: Großartig! Wenn also der echte Präsident noch lebte, sich bei Ihnen versteckt hielte und Sie ihn uns nachher vorführten, wäre es möglich, daß wir ihn als eine schlechte Imitation seiner selbst abtäten?

PROFESSOR: Durchaus.

LEIBARZT *schlägt sich lachend auf den Schenkel.*

KRIEGSMINISTER: Endlich weiß ich, wozu ich meine Haxen verloren habe. Damit ich beschwören kann, daß die alte und echte Kanaille wirklich mausetot ist.

PROFESSOR: Wir wissen es noch besser. Denn wir haben ihn ja in aller Stille »beerdigt«. Ihr Verdienst liegt auf einem anderen, quasi physikalischen Gebiet. Wenn Sie, Exzellenz, infolge Ihrer Verwundung nicht auf seinen Kopf gefallen wären, hätte die berittene Polizei merken müssen, daß er mausetot war. Und nicht nur schwer verletzt, wie wir der Welt mit gutem Erfolg einreden konnten.

KRIEGSMINISTER: Ich danke für die liebenswürdige Belehrung.

LEIBARZT: Es bleibt Ihr historisches Verdienst, auf seinen, statt auf Ihren Kopf gefallen zu sein. *(lacht)* Es gibt keine Gerechtigkeit.

PROFESSOR: Der vorlaute Schuster hätte uns Kopf und Kragen kosten können. Der Nuntius ist kein Dummkopf. Meine Methoden, Menschen in Werkzeuge umzubauen, sind noch immer verbesserungsbedürftig. *(zum Leibarzt)* Medizin und Chemie müßten der Pädagogik energischer beispringen. Der Mensch als dressiertes Meerschweinchen genügt den Ansprüchen nicht mehr. Wozu haben wir staatliche Forschungsinstitute? Wir müssen ihn weiterentwikkeln. Zur ferngesteuerten Maschine, die exakt funktioniert und paarweise neue Maschinen liefert.

LEIBARZT: Curae posteriores, Teuerster! Spendieren Sie uns lieber einen brauchbaren Herrscher. Es eilt.

PREMIER: Er muß die Exportmesse eröffnen. Unser Devisenfonds sieht erbärmlich aus.

KRIEGSMINISTER: Die Auslandsagenten fressen uns die Haare vom Kopf.

PROFESSOR: Die Bilanz der Exportbank muß sowieso plausibler aufgemacht werden. Sonst halten sich die Fachleute bei der Eröffnungsrede den Bauch. Ich habe das Nötige veranlaßt.

LEIBARZT: Die Erbfolge! Die Hauptsache!

PROFESSOR: In die engere Wahl kommen zwei. Der eine, Nummer Sieben, ist sehr aufgeweckt. Er hilft mir seit einiger Zeit bei diesem und jenem. Die heutige Geburtstagsrede stammt von ihm.

KRIEGSMINISTER: Bloß keinen Gescheiten!

PROFESSOR: Ich gäbe ihn auch nicht gerne her.

PREMIER: Unter Ihren Augen ist er nützlich *und* unschädlich. Der andere?

PROFESSOR: Nummer Sechs. Er war schwierig. Aus familiären Gründen. Nach der – Beseitigung der »familiären Gründe« scheint er mir der geeignetste Kandidat zu sein. Er ist seitdem lenkbar wie ein Damenfahrrad.

KRIEGSMINISTER: Intelligenz?

PROFESSOR: Nicht überm Durchschnitt. Außerdem: Sein Herz ist verödet. So etwas lähmt den Verstand. Überdies hat er sich im Imitationskursus gut bewährt. Besonders in der Phonetik. Auch seine Ähnlichkeit mit dem Schuhmacher ...

Telefon *klingelt.*

Professor *nimmt den Hörer:* Ich wollte nicht gestört werden. – So. – Man soll sie bis auf weiteres nicht allein lassen. Sentimentale Schachfiguren sind denkbar unbequem. Sie wird sich an den neuen Beruf gewöhnen. Zeit bringt Rosen. *(legt auf und erhebt sich)* Sie werden sich über Nummer Sechs Ihre eigne Meinung bilden wollen.

Kriegsminister *aufs Telefon zeigend.* Was ist passiert?

Professor: Ihre kleine Senatorentochter hat versucht, sich umzubringen.

Kriegsminister: Das könnte ihr so passen! *(schwenkt den Rollstuhl türwärts)* So einfach ist das Leben nicht!

Leibarzt: Was haben Sie gegen den Selbstmord?

Kriegsminister: Selbstmord ist Sabotage.

Premier: Mutwillige Zerstörung von Volkseigentum.

Kriegsminister: Stellen Sie sich vor, jeder Verzweifelte ginge hin und hängte sich auf!

Leibarzt: Schrecklicher Gedanke! Wen sollten Sie regieren?

Professor: Ein Glück, daß auch die Kirche gegen den Selbstmord ist.

Premier: Und daß wir das Konkordat unterschrieben haben.

Leibarzt: Die Kirche hat populärere Argumente als wir.

Vorhang

Das fünfte Bild

Ein schulähnlicher Saal. Tische, Stühle, Meßgeräte, eine Waage, mehrere große dreiteilige Spiegel, wie in Schneiderateliers. Radio- und Grammophonapparate, eine elektrische Schalttafel. Ein thronartiger Sessel auf einem Podest, genau wie im ersten Bild. An den Wänden Bilder und Großphotos des Präsidenten in charakteristischen Posen.
Der Saal ist mit Pseudo-Präsidenten angefüllt, je mehr, desto besser. Alle im Gehrock mit Ordensband. Sitzend, stehend, gehend, einzeln, in Gruppen. Die bewegte Szene erinnert – mindestens bis zum Beginn des Dialogs – an eine kurze Pantomime. Der Achte *und der* Neunte *üben vor den dreiteiligen Spiegeln Gesten und Posen. Der* Zehnte *und der* Elfte *korrigieren die Bewegungen der beiden. Der* Zwölfte *übt, wiederholt und sehr ernsthaft, das gravitätische und selbstgewisse Heruntersteigen vom Podest. Der* Dreizehnte *und der* Vierzehnte *helfen einander, mit Kamm und Bartbürstchen, bei der Bart- und Haarkorrektur.*

VIERTER *steht auf der Waage.*
SECHSTER *das Gewicht ablesend:* Vierundsiebzig Kilo zweihundert Gramm.
SIEBENTER *trägt in ein Journal ein:* Vierundsiebzig Kilo zweihundert Gramm. Du hast fast ein halbes Pfund abgenommen.
VIERTER: Kein Wunder. Vor lauter Schreck.
FÜNFTER: Nun erzähl schon! Laß dir nicht jedes Wort abkaufen!
VIERTER: »Nein!« jammert sie, »bitte nicht! Bitte, bitte nicht!« Bildhübsch sah sie dabei aus. Wie 'n Reh im

Hemd. Schlanke Figur, aber alles da und an Ort und Stelle.

SIEBENTER *notierend:* Drei Tage Zusatzkost B, – der Nächste!

VIERTER *klettert von der Waage herunter.*

FÜNFTER *hinaufsteigend:* Und dann?

VIERTER: »Mit dir hat man uns ja hübsch angeschmiert«, sag ich und: »Komm her, du kleines Luder!« Sagt sie darauf: »Ich spring aus dem Fenster!« Und ich geb zur Antwort »Wozu? Du wohnst doch im Parterre!«

FÜNFTER *lacht.*

SECHSTER *meldet:* Vierundsiebzig Kilo achthundertdreißig Gramm.

SIEBENTER *notierend:* Vierundsiebzig Kilo achthundertdreißig Gramm. Zugenommen.

FÜNFTER: Weiter!

VIERTER: Ehrlich gesagt, – wenn ein Mädchen nicht will, verlier ich die Laune. Ich troll mich also. Zu Pauline.

FÜNFTER: Die ist ja nie dagegen.

VIERTER: Mittendrin sagt sie: »Mensch, Zimmer Sechs ist aber mächtig still.«

SIEBENTER: Eine Woche Morgengymnastik Kurs A. *(notiert.)*

FÜNFTER *lacht:* Allein? *(steigt von der Waage.)*

SIEBENTER: Nun du, Sechster!

SECHSTER *steigt auf die Waage.*

SIEBENTER *tariert.*

VIERTER: Na, ich erzähl Pauline die Geschichte, und da ist sie auch schon aus dem Bett und drüben. Ich hinterdrein. Die Kleine baumelte am Fensterriegel. Mit hochgezogenen Beinen. Wie im Turnverein.

SIEBENTER *notierend, zum Sechsten:* Traubenzucker. Viermal täglich.

VIERTER: Wir schnitten sie los. Warm war sie noch. Ich denke, sie kommt übern Berg.

SECHSTER *steigt von der Waage.*

SIEBENTER *klettert samt dem Journal hinauf.*

SECHSTER *tariert.*

ACHTER: Vergiß nicht, dein Notizbüchel abzuziehen!

SECHSTER: Vierundsiebzig Kilo hundertfünfzig Gramm.

SIEBENTER *notierend*: Vierundsiebzig Kilo hundertfünfzig Gramm.

ACHTER *spöttisch:* Zwölfmal täglich 'nen Zentner Schlagsahne.

SIEBENTER *steigt von der Waage:* Los, Achter!

ACHTER *steigt hinauf.*

FÜNFTER: Sie kommt übern Berg! Schön und gut. Aber was weiter? Sind wir von der Bahnhofsmission?

VIERTER: Das Zimmer ist verhext. Die Vorige wird abgekragelt. Die Neue hängt sich auf.

FÜNFTER: Die schwebende Jungfrau! *(lacht.)*

SECHSTER: Vierundsiebzig Kilo fünfhundert Gramm.

SIEBENTER *notiert:* Vierundsiebzig Kilo fünfhundert Gramm. Normalgewicht.

ACHTER *klettert von der Waage.*

Die Saaltür öffnet sich. Auftritt KRIEGSMINISTER, PREMIER, LEIBARZT *und* PROFESSOR. *Die Saaltür schließt sich.*

ZWÖLFTER: Achtung!

ZÖGLINGE *stellen ihre verschiedenen Tätigkeiten ein.*

KRIEGSMINISTER: Immer wieder zum Schreien, dieser Anblick!

PROFESSOR: Meine Meerschweinchen. *(zum Siebenten)* Außergewöhnliche Gewichtsveränderungen?

SIEBENTER: Unbedeutende Schwankungen. Diät, Gymnastik, Zusatzkost, das Übliche.

PROFESSOR *zu den Zöglingen:* Ich habe Ihnen eine Mitteilung zu machen, die Sie interessieren dürfte. Der Präsident ist heute, kurz nach seiner Rede, die wir gehört und auf Band genommen haben, verstorben. So erwächst uns die Aufgabe, einen neuen Mann ins Palais zu entsenden. *(zum Zwölften)* Ihre Schläfen werden zu grau. Nachfärben lassen! *(wieder zu allen)* »Blind gehorchen« heißt Ihr erstes Gebot. Nicht einäugig. Ohne zu zwinkern. Daß Ihr Kollege sein beschworenes Versprechen vorübergehend vergaß, konnte seiner Amts- und Lebensdauer, begreiflicherweise, nicht zuträglich sein.

SIEBENTER: Non scholae, sed morti discimus.

KRIEGSMINISTER: Ihr Neunmalkluger, was?

PROFESSOR: Ganz recht. Nummer Sieben.

PREMIER: Von Beruf?

SIEBENTER: Lehrer.

LEIBARZT: Warum sind Sie hier?

PROFESSOR: Mißbehagen an der Kultur. Enttäuschung über den Lauf der Welt. Früher ging so etwas ins Kloster.

SIEBENTER: Die Menschheit hat auf sich verzichtet. Büchsenkonserve in der Konservenbüchse zu sein, das ist aller Traum. Das Blecherne Zeitalter ist angebrochen.

KRIEGSMINISTER: Amen.

PREMIER: Kämen Sie gern mit uns?

SIEBENTER: Wer sich in den Menschen verrechnet hat, spürt gelegentlich Lust, ihnen die Differenz heimzuzahlen.

LEIBARZT: Aha. *(zum Professor)* Und der andere Kandidat? Das Damenrad?

PROFESSOR *zeigt auf den Sechsten.*

PREMIER: Was waren Sie vorher?

PROFESSOR: Sechster! Man spricht mit Ihnen.

SECHSTER: Architekt.

KRIEGSMINISTER: Warum sind Sie hier?

SECHSTER: Ein paar Unglücksfälle. Wie an Straßenkreuzungen. Tragödien sind nicht mehr Mode.

LEIBARZT: Soso. – Professor, wie wär's mit einer kleinen Dressurprüfung?

PROFESSOR: Einverstanden. Am besten die heutige Rede. Wir haben sie wochenlang exerziert. *(gibt dem Sechsten ein Manuskript)* Auf die Bühne, Exzellenz! Die anderen – setzen!

ZWÖLFTER *steigt gravitätisch vom Podest.* SECHSTER *steigt, schon ganz in der Rolle, hinauf, nimmt Platz, entfaltet das Manuskript und räuspert sich.* PROFESSOR *hantiert an Übertragungsgeräten. Alle außer ihm sitzen. Es wird sehr still.*

TONBAND *mit der Stimme des ermordeten Schuhmachers:* Ich bin bekanntlich kein Freund vieler Worte. Ich ziehe es vor, Taten sprechen zu lassen. Die Welt weiß das. Ich habe nicht die Absicht, meinen Jargon zu wechseln. Die Weltgeschichte wird es eines Tages wissen. Manches haben wir im Lauf der Jahre durch die knappe, international verständliche Sprache der Taten erreicht.

PROFESSOR *hat mit der Hand skandiert, schwingt nun die Arme wie ein besessener Dirigent:* Sechster! *(stellt die Übertragung ab.)*

SECHSTER *in völlig gleichem Tonfall:* Die Freunde achten uns. Die Feinde fürchten uns. Das ist in unserm verfehlten Jahrhundert keine Selbstverständlichkeit mehr. Nicht *in* den Staaten. Nicht *zwischen* den Staaten. Wir haben unsere Grenzen ausgedehnt. Nicht etwa, um unsere Macht zu beweisen. Wirkliche Macht hält keine Manöver ab. Sondern um abgesprengte Teile unseres Volkes heimzuholen. Im Land herrschen Ruhe und Einmütigkeit. Es bedurfte keiner Überredung. Das Volk wurde überzeugt.

PROFESSOR *hat skandiert, winkt ab, stellt das Tonband an:* Wechsel!

TONBAND: Noch gibt es vereinzelte Widersacher. Neinsager aus Profession und Verräter in fremdem Sold und Auftrag. Aber sie hocken im Mauseloch der Angst. Ein Schritt, ein Satz genügt, und sie sitzen in der Falle. Mauseloch oder Mausefalle, die Leute haben die Wahl. Diese und keine andere. Man lasse es sich gesagt sein.

PROFESSOR *hat skandiert, dreht das Tonband ab, dirigiert:* Sechster!

SECHSTER: Die Arbeit wurde erst halb getan. Ganze Arbeit ist nötig. Wer soll sie leisten? Wer kann sie leisten? Verantwortung ist unteilbar. Pflichtgefühl kennt, außer dem letzten Stündchen, keine Termine. Gegen das Amt und die Ehre, zu denen man mich auf Lebenszeit verurteilt hat, gibt es, vor Volk und Geschichte, keine Berufungsinstanz. Ich danke also für die schwere Last, die man mir hier und heute aufbürdet. Ich nehme Amt, Ehre und Bürde an!

PROFESSOR *winkt ab, stellt das Tonband an.*

SPRECHCHÖRE: Hoch! Hoch! Hoch! Präsident – hab Dank! Präsident – hab Dank! *(von fern Kanonensalut.)*

PROFESSOR: Manuskript weg!

SECHSTER *steckt das Manuskript in die Brusttasche.*

SPRECHCHÖRE: Wir wollen – den Präsidenten – sehn! Wir wollen – den Präsidenten – sehn! Präsidenten – sehn! ... denten – sehn!

PROFESSOR *dirigierend:* Heruntersteigen! Langsam! Würdig! Noch würdiger! Sie sind – der Diktator!

SECHSTER *steigt währenddem vom Podest.*

PROFESSOR: Schluß! Aus! Danke! *(trocknet sich die Stirn, sieht die drei Besucher triumphierend an.)*

SECHSTER *schreitet gravitätisch auf den Siebenten zu.*

TONBAND *das weiterläuft, überträgt den peitschenden Schuß.*

SECHSTER *zuckt zusammen.*

TONBAND *überträgt Tumult, Gewehrsalven und den Todesschrei des Attentäters.*

PROFESSOR *springt wütend zum Tongerät, stellt es ab.*

KRIEGSMINISTER *lacht aus vollem Hals.*

LEIBARZT: Jetzt fehlt nur noch, daß Ihr Papagei an der rechten Backe blutet. Dann wäre die Illusion vollkommen.

PREMIER: Ärgern Sie sich nicht, Professor. Der Mann hat seine Sache ausgezeichnet gemacht. *(zu Kriegsminister und Leibarzt)* Wir sollten es mit ihm versuchen.

KRIEGSMINISTER: Glänzender Drill! Davon versteh ich was. Meinen Respekt, Herr Lehrer! Sie hätten das Zeug zum Feldwebel! *(zum Sechsten)* Packen Sie Ihren Koffer!

SECHSTER UND SIEBENTER *wechseln einen kurzen Blick.*

PROFESSOR: Machen Sie mir keine Schande, Sechster. Sie haben sich unter meiner Obhut sehr zu Ihrem Vorteil entwickelt ...

SECHSTER: Zu Ihrem Vorteil.

PROFESSOR: Die Monatsbeträge, die Ihre Frau Mutter aus Kapstadt erhält, werden, nun Sie Ihr Amt antreten, verdoppelt werden.

KRIEGSMINISTER: Aus Kapstadt?

SIEBENTER: Er arbeitet dort in einem großen Baubüro. Vorwiegend allerdings in der Johannesburger Filiale.

LEIBARZT: Schöne Gegend, Südafrika.

SECHSTER: O ja. Meine Mutter spart fleißig. Im nächsten Jahr will sie mich besuchen.

PROFESSOR: Raten Sie ihr auch weiterhin davon ab.

SECHSTER: Selbstverständlich, Herr Professor. *(gibt dem Siebenten die Hand.)*

PROFESSOR: Und vergessen Sie auch als Staatspräsident nicht, daß Sie zu gehorchen haben. Im Interesse des Staatswohls. Und Ihrer Mutter zuliebe. Frauen gibt es genug. Aber – man hat nur eine Mutter.

PREMIER *etwas ungeduldig*: Das dürfte sogar Architekten bekannt sein.

SECHSTER *geht zur Saaltür.*

PROFESSOR: Und vergessen Sie mich nicht!

SECHSTER *an der Tür:* Nein, Herr Professor. *(geht ab.)*

Vorhang

Das sechste Bild

Wochen später. Teil eines luxuriösen Hotelappartements. Offene Verbindungstür. Doppeltür zum Flur. Die Präsidentin *nimmt Uniformstücke aus einem Schrank und legt sie in einen Koffer. Der* Major, *männlich hübsch, elegant, noch jung, sitzt auf einer Couch und raucht. An der Wand, in goldenem Rahmen, der Präsident (Gehrock, Ordensband) als Ölporträt.*

PRÄSIDENTIN: Ich möchte nur wissen, was uns Frauen an den Uniformen so gefällt.

MAJOR: Ehrlich gesagt, ich möcht's nicht wissen. Eins weiß ich immerhin: Wenn ihr nicht dafür schwärmtet, wäre die Weltgeschichte anders verlaufen. Gemütlicher. Verwandtschaftlicher.

PRÄSIDENTIN: Und du wärst Ingenieur. Oder Etagenkellner.

MAJOR: Vor jeder Kaserne sollte man euch ein Denkmal setzen. Und auf dem Sockel müßte stehen: »Dem Geschlecht, dem wir Leben und Tod verdanken.«

PRÄSIDENTIN: Und du? *(schließt den Koffer)* Bist du Soldat geworden, nur damit du uns besser gefällst? *(tritt zu ihm.)*

MAJOR *legt die Hände um ihre Hüften:* Soll ich Ja sagen?

PRÄSIDENTIN: Es waren schöne Wochen. Du hast mir gutgetan. Und nun müssen wir uns trennen. *(fährt ihm übers Haar)* War's schlimm, so eine alte Frau zu streicheln? Noch dazu auf höheren Befehl?

MAJOR *zieht sie neben sich, küßt sie:* Soldaten müssen gehorchen. Noch dazu blind. Ich war nur gehorsam. Blind war ich nicht.

Präsidentin: So eine alte Frau.

Major: So alt? Erzähl mir nichts von jungen Mädchen. Wer von uns beiden, glaubst du, kennt sie besser?

Präsidentin: Es ist lange her, aber ich war selber eines.

Major: Nie. Das stand nur im Kalender. Es gibt angeborene Erfahrungen. Du wußtest nichts und konntest alles. Dergleichen wurde früher verbrannt.

Präsidentin: Ich bin eine Hexe?

Major: Nein. Deine Erfahrungen haben dich eingeholt. Aber du *warst* eine Hexe.

Präsidentin: Homer behauptet, Circe hätte die Männer in Schweine verwandelt. Dieser Märchenerzähler! Was gab es da zu verwandeln? Möchtest du mir das verraten, mein Kleiner?

Major: Immerhin – Odysseus blieb, wer er war.

Präsidentin: Ja. Ein *rechnendes* Schwein. *(zeigt auf das Bild an der Wand)* Genau wie er. Als wir heirateten, heiratete ich *ihn*. Zweiter Direktor der Außenhandelsbank war er damals. Mit der Konstitution einer Dampfwalze.

Major: Und dann?

Präsidentin: Er bekam Angst vor mir. Sein Körper wurde geizig. Ich ging auf Reisen.

Major: Auch Samson hätte Dalila auf Reisen schicken sollen. Aber er war kein Bankdirektor. So schnitt sie ihm bei Nacht die Haare.

Präsidentin: Während ich in Paris Kleider kaufte, wurde er Wirtschaftsminister. Noch immer hielten sie ihn für einen Zahlenakrobaten und für sonst nichts. Für eine Spezialität. Er verbarg sich in seinen Statistiken und Bilanzen wie ein Panzer im Kornfeld.

Major: Daß er, erst einmal an der Macht, wurde, was er geworden ist, versteh ich. Doch warum hob man ihn in den Sattel? Einen fanatischen Buchhalter für harmlos zu halten, ist kindisch. Menschen sind für ihn Ziffern hinterm Komma.

PRÄSIDENTIN: Man brauchte Auslandskredite. Es ging nicht ohne ihn. Und außerdem – er finanzierte den Staatsstreich! *(böse lachend)* Übrigens: mit Staatsgeldern!

MAJOR: Er bestach die Mörder aus der Brieftasche des Opfers? Das wußte ich nicht!

PRÄSIDENTIN: Vergiß es wieder. Einige, die es wußten und nicht vergessen konnten, starben in den besten Jahren. Gedächtnis ist gesundheitsschädlich.

MAJOR: Dann lebst du nur noch aus Versehen.

PRÄSIDENTIN: Versehen gibt es nicht. Mein Leben ist ihnen sehr viel wert. Sie hüten mich wie einen Talisman.

MAJOR: Wer sind »sie«?

PRÄSIDENTIN: Leute, mein Kleiner. Ein paar Leute.

MAJOR: Leute! *(Kopfbewegung zum Gemälde des Präsidenten)* Leute! Dich braucht er nicht. Und ein paar Leute braucht er schon gar nicht.

PRÄSIDENTIN: Er! *(lacht ärgerlich)* Ich könnte dir eine Geschichte erzählen! *(fährt ihm übers Haar)* Lieber nicht. Lieber nicht.

MAJOR: Erzähl!

PRÄSIDENTIN: Nein.

TELEFON *klingelt.*

MAJOR *hebt ab:* Was gibt's? *(legt die Hand über die Sprechmuschel)* Der Regierungswagen ist da. *(ins Telefon)* Die gnädige Frau läßt bitten. *(hängt ein)* Der Inspektor bemüht sich persönlich.

PRÄSIDENTIN *springt auf:* Sie sagen: »Lächle!« Man lächelt. Sie sagen: »Geh!« Man geht. Sie sagen: »Schlaf mit ihm!« *(zeigt auf den Major)* Man schläft mit ihm. Sie sagen: »Verachte dich!« Und man tut's.

MAJOR: Solange wir gehorchen, haben sie recht.

PRÄSIDENTIN: Man verachtet sich und sie.
MAJOR: Wozu Respekt? Angst genügt.
PRÄSIDENTIN: Ohnmächtig, bei vollem Bewußtsein!

Die Doppeltür zum Flur öffnet sich. Der INSPEKTOR *und der* SOHN *der Präsidentin treten, in Reisekleidung, ins Zimmer. Sie verbeugen sich. Der Major ist aufgestanden.*

INSPEKTOR: Sind Sie reisefertig, gnädige Frau?
PRÄSIDENTIN: Nein. *(zum Sohn)* Ich bin erstaunt, dich zu sehen.
SOHN: Der Präsident fand, es wirke stilvoller, wenn du mit deinem Sohn zurückführest, statt *(zum Major)* mit Ihnen.
PRÄSIDENTIN: Man könnte meinen Gatten um sein Zartgefühl beneiden.
MAJOR *zum Sohn:* Ihr Herr Vater hat wie immer recht.
PRÄSIDENTIN *zum Major:* Ich verabschiede mich noch von Ihnen. *(Geht ins Nebenzimmer, schlägt die Tür zu.)*
SOHN *zum Inspektor:* Ich habe mit dem Major zu reden.
INSPEKTOR *zögert.*
MAJOR: Es ist für mich eine große Ehre, nach der Gattin des Präsidenten nun auch seinen Sohn kennenzulernen.
SOHN: Halten Sie Ihren Zynismus für sehr angebracht?
INSPEKTOR *zum Sohn:* Keinen Streit, meine Herren. Privatgefühle sind Vorurteile. Ich erwarte Sie in der Halle. *(ab.)*
MAJOR *schließt sorgfältig die Doppeltür, streckt dem Sohn ernst die Hand entgegen.*
SOHN *mit herzlichem Händedruck:* Vorsicht! Wände haben Ohren. *(setzt sich)* Türen haben Augen.
MAJOR *setzt sich ihm dicht gegenüber.*

SOHN *gedämpft:* Am Tage, bevor meine Mutter mit dir hierherfuhr, starb der Schuhmacher.

MAJOR: Aha. – Und vor einer Minute hätte mir deine Mutter beinahe »eine Geschichte« erzählt. Vom Präsidenten, ihrem Mann.

SOHN *schweigt bestürzt.*

MAJOR: Im letzten Augenblick hielt sie den Mund.

SOHN: Wird sie ihn das nächste Mal halten?

MAJOR: Ich dachte, du kenntest sie besser.

SOHN *noch leiser:* Aber vielleicht gibt es kein nächstes Mal. Als ich, nach des Schuhmachers Tod, dem neuen Präsidenten und Papa vorgestellt wurde, drückte er mir eine halbe Münze in die Hand.

MAJOR *setzt sich bolzengerade.*

SOHN: Er brachte Grüße aus Schloß Belvedere.

MAJOR: Daß »ihm« das gelungen ist!

SOHN: Er heißt dort »der Siebente«.

MAJOR: Der Siebente. Und die halbe Münze besagt, daß »er« bereit ist!

SOHN: Sind *wir* bereit?

MAJOR: Der Kommandeur der Achten Panzerdivision wartet aufs Stichwort. Und nicht nur er. Der Haß kocht. Der Kessel ist am Zerreißen. So steht's beim Heer, bei der Flotte und beim Fliegerkorps. Aber auch im Senat. An der Universität. In den Fabriken. Auch Brutalität braucht Methode. Wer die öffentliche Meinung unterdrückt, darf nie vergessen, daß die Unterdrückten mehr von ihr wissen als der Unterdrücker. Je rücksichtsloser er manipuliert, um so ahnungsloser wird er. Erzwingt er den Nullpunkt der Freiheit der anderen, so erreicht er gleichzeitig den Nullpunkt seines Wissens um deren Meinung.

SOHN: Politische Trigonometrie!

MAJOR: Dir zuliebe poetischer formuliert: Er tappt im Dunkeln. Und zwar in einem Minenfeld, das er selbst gelegt hat.

SOHN: Wenn unser Streich trotzdem fehlschlägt?

MAJOR: Je mehr sich die Macht zuspitzt, um so leichter läßt sie sich beseitigen. Man braucht die Spitze nur *abzubrechen*. Und man braucht nur die *Spitze* abzubrechen.

SOHN: Es klingt sehr einfach.

MAJOR: Es *ist* sehr einfach, mein Lieber. – Man will das ganze Land haben? Rezept: Man muß die Hauptstadt erobern. Man will die Hauptstadt haben? Rezept: Man muß die Bahnhöfe, den Flugplatz, den Sender und die Hauptpost besetzen. Dazu genügt ein zuverlässiges Regiment!

SOHN: Morgen, am Nationalfeiertag, verliest der Präsident seine große Rede. Rückblick, Rechenschaftsbericht, Ausblick. Das Kabinett, die Generäle, die Admirale, die Diplomatie und der Polizeigouverneur sind versammelt. Der Senat annulliert sich.

MAJOR: Glück gehört zum Kalkül. Wir zernieren das Palais. Der bunte Jahrmarkt sitzt in der Falle.

SOHN: Dann holen wir den Siebenten.

MAJOR: Wir werden ihn früher brauchen. Er muß bei der Hand sein. Die Vergangenheit zu verhaften, genügt ein Regiment, und wir haben eine Division. Aber der Volkstribun muß mitmarschieren! Wozu besetzen wir das Rundfunkhaus? Damit er redet. Wozu nehmen wir die Regierung gefangen? Damit er sie verurteilt. Wozu schaffen wir freie Bahn? Damit er auf neue Ziele zeigen kann.

SOHN: Wie holen wir ihn aus dem Belvedere heraus? Der Professor ist kein Stümper.

MAJOR: Stümper sind langweilige Gegner.

SOHN: Und wer holt ihn heraus?

MAJOR: Er wird pünktlich vors Mikrophon treten.

PRÄSIDENTIN *kommt reisefertig ins Zimmer zurück.*

SOHN und MAJOR *stehen auf.*

PRÄSIDENTIN: Ihr könntet gleich alt sein.

SOHN: Söhne und Liebhaber, ein bewährtes Thema.

MAJOR: Es ist ein Vergnügen, einem gebildeten Menschen zuzuhören.

PRÄSIDENTIN *zum Sohn:* Du gehst voraus!

SOHN und MAJOR *verbeugen sich förmlich voreinander.*

SOHN *geht durch die Flurtür ab.*

PRÄSIDENTIN: Er verachtet seine Mutter, weil sie eine Frau ist. *(streichelt den Major kurz)* Weil sie Erinnerungen sammelt.

MAJOR: Wie man Bücher kauft und dabei denkt: Ich lese sie später.

PRÄSIDENTIN: Im Winter. An den langen Abenden. – Ich habe mir die vier Jahreszeiten nicht ausgedacht!

MAJOR: Nein. Dir wäre nur der Sommer eingefallen.

PRÄSIDENTIN *lacht.*

MAJOR: Trotz allem, er wirkt sympathisch.

PRÄSIDENTIN: Sympathisch! Das klingt wie ein Schimpfwort! Wenn jemand nicht stark ist, nicht böse, nicht wild, wenn er nichts ist, ist er sympathisch. – In seinen Adern rollt Limonade!

MAJOR: Er verachte dich, sagst du. Du haßt ihn.

PRÄSIDENTIN: Die Natur hat mich beleidigt. So muß sich eine Stute vorkommen, die einen Maikäfer zur Welt bringt! – Mein Mann war eine Kanaille, weiß Gott! Aber er war ein Kerl!

MAJOR: War?

PRÄSIDENTIN: Bevor ihn sein Machthunger leerfraß.

MAJOR: Es ist für einen Major der Kriegsakademie nicht uninteressant, eine derart anschauliche Meinung über unser verehrtes Staatsoberhaupt aus so berufenem Munde zu hören.

PRÄSIDENTIN: Gib dir keine Mühe, mich zu erschrekken, mein Kleiner. Ich kenne dich.

MAJOR: Der Instinkt der Frauen und die Landeswetterwarte irren sich fast nie.

PRÄSIDENTIN: Wenn ein Major der Kriegsakademie nachts im Traume spricht, redet er die Wahrheit.

MAJOR *zuckt zusammen, dann:* Nicht einmal das ist sicher. Hierzulande lügt man sogar im Schlaf.

PRÄSIDENTIN: Den Kriegsminister liebst du jedenfalls noch weniger als mich.

MAJOR: Sogar die Träume können uns den Kopf kosten.

PRÄSIDENTIN: Der Staat ist überall. Er liegt auch, als Dritter, mit uns im Bett.

MAJOR: Wenn er mit uns müde würde, – meinetwegen.

PRÄSIDENTIN: Er liebt uns nicht. Das hält ihn wach. *(küßt ihn. Es klopft.)*

INSPEKTOR *tritt ein:* Es ist höchste Zeit, gnädige Frau.

PRÄSIDENTIN *zum Major:* Sie waren ein vorbildlicher Reisemarschall!

MAJOR: Reisemajor!

PRÄSIDENTIN: Ich werde mich für Ihre Beförderung verwenden. Und *(gibt ihm ihr Taschentuch)* wisch meine Lippenschminke weg! *(mit dem Inspektor durch die Flurtür ab.)*

MAJOR *tritt vor den Spiegel, wischt die Schminkflecken fort, wirft das Taschentuch achtlos in den Papierkorb und hebt den Telefonhörer hoch:* Eine dringende Verbindung mit der Kommandantur in der Hauptstadt! Jawohl. Ich warte.

Vorhang

Das siebente Bild

Einen Tag später. Die Parkszenerie wie im dritten Bild. Pauline *mit Lockenwickeln und einer Handarbeit.* Doris *lackiert, im Grase sitzend, wieder ihre Zehennägel.* Stella *hockt, ungepflegt, am Tisch, trinkt Likör, raucht und starrt vor sich hin.*

PAULINE: In der Zeitung stand, die Menschen würden neuerdings wieder frömmer. Mir geht es, glaub ich, selber so.

DORIS: Es liegt daran, daß die Leute das Zutrauen zu den Sparkassen verloren haben.

STELLA *lacht stumpfsinnig vor sich hin.*

DORIS: Die Richter verurteilen die Schuldlosen. Die Forscher tüfteln am Weltuntergang. Die Ärzte morden im Auftrag. Seit die Bösen vorschreiben, was recht ist, plagt den, der gut sein möchte, das schlechte Gewissen.

STELLA *lacht wieder:* »Denn sie wissen nicht, was sie tun.«

DORIS: Das einzig Sichere ist die Unsicherheit. So versuchen's viele mit dem Beten. Es ist unschädlich und beruhigt die Nerven.

PAULINE: Der liebe Gott als Mutters Schürze.

DORIS: Die einen reißen den andern, als wären's Fliegen, die Beine aus. Und die übrigen brechen vor Mitleid zusammen. Aber vorher verriegeln sie die Türen.

STELLA: Prosit, lieber Gott! Sollst leben! *(lacht und trinkt.)*

PAULINE *zu Doris*: Das ist mir eine! Erst schneidet man sie vom Fensterkreuz, die kleine Gans. Und jetzt? Ein paar Wochen später säuft sie wie ein Loch und schnappt uns die Kerle weg. Nächstens nehm ich bei ihr Privatstunden.

STELLA: Hättet ihr mich hängen lassen!

DORIS *zu Stella:* Ich war drei Jahre im Lager. Vierzig Frauen in einer Zelle. Hunger, Krankheit, Prügel, Krätze, Dreck und Gestank. Ich schrubbte mich täglich, als wäre ich ein Fußboden. Sie rissen Zoten und krepierten. Merk dir eins: Wer nicht beten kann, soll sich wenigstens gründlich waschen!

STELLA: Hättet ihr mich hängen lassen!

PAULINE: Das nächste Mal schneid ich dich nicht ab. Das versprech ich dir.

STELLA: Zum Aufhängen ist es sowieso zu spät. Ich will langsamer sterben. In Raten. *(lacht)* Man hat mehr davon.

Der Gong ertönt.

STELLA *steht schwankend auf, nimmt Glas und Flasche:* Die nächste Rate!

PAULINE: Das kleine Luder kann's gar nicht erwarten.

DORIS *zu Pauline:* Laß sie in Frieden!

STELLA: Ja. Laßt mich in Frieden! *(geht auf den Pavillon zu, dreht sich noch einmal um)* Ein Kind krieg ich außerdem. *(ab.)*

PAULINE *steht auf:* Ein Kind mit einem Dutzend Väter! Paß auf, sie schnappt uns über!

DORIS *steht auf:* Wer heutzutage die Nerven verliert, muß sich nicht sehr anstrengen, auch noch den Verstand zu verlieren. Es geht in einem.

PAULINE *im Gehen:* Sie tut mir leid. Aber sie stört mich. Ein Puff ist ja schließlich kein Irrenhaus!

PAULINE und DORIS *gehen in den Pavillon ab.*

Die Bühne ist für kurze Zeit leer. Dann kommen der VIERTE, *der* FÜNFTE, *der* SIEBENTE, *der* ACHTE *und der* NEUNTE, *im üblichen Gehrock, aus dem Park. Der* SIEBENTE *setzt sich und blickt auf die Uhr.*

SIEBENTER: Der Vierte und der Fünfte bleiben bei mir. Die andern können sich *(zeigt auf den Pavillon)* ihrem gebührenfreien Stoffwechsel hingeben. Vergeßt nicht, daß die Rede übertragen wird! Macht es kurz.

ACHTER *zum Neunten:* Er kommandiert schon wie der Alte.

NEUNTER: Gebührenfreier Stoffwechsel! *(zum Siebenten)* Trag deine Nase nicht höher als den Kopf!

VIERTER *sich setzend, zum Achten:* Sag der Kleinen, ich hätte keine Zeit. Sie soll sich nicht ängstigen.

ACHTER: Vielleicht fällt mir etwas ein, was sie auf andere Gedanken bringt.

FÜNFTER *sich setzend, zum Achten:* Deine Einfälle haben noch niemanden auf andere Gedanken gebracht.

VIERTER: Nicht einmal ihn selber. *(lacht.)*

NEUNTER *zum Achten:* Da sitzen sie nun und wollen stricken! Babywäsche für die Zukunft! Schwangere Männer sind was Scheußliches! *(zum Siebenten)* Alte Ordnung ist mir lieber als neue Unordnung! Was man hat, weiß man! Was man kriegt, weiß man nie! *(zum Achten)* Komm!

ACHTER: Recht hat er! Uns geht's hier gut. Als Gegenleistung lassen wir uns Bärte wachsen. Ist das zuviel verlangt? Manchmal wird einer abgeholt. Gelegentlich beißt einer ins Gras. Und? Betriebsunfälle kommen in jeder Branche vor.

NEUNTER: Laß sie stricken!

ACHTER *zum Siebenten:* Wir führen ein Leben wie im Goldfischglas. Deinetwegen sollen wir herausspringen? *(zum Neunten)* Alle Nasen lang kommt so ein Bursche um die Ecke gebraust und will die Welt verbessern! *(zum Siebenten)* Woher wißt ihr denn so genau, wie unser Glück aussieht? Wie? *(kleine Pause)* Unsre Ruhe wollen wir haben! *(brüllt)* Unsre Ruhe wollen wir haben, zum Donnerwetter noch einmal! So! Und jetzt geh ich!

FÜNFTER: Beeil dich! Du bist grad so schön im Schwung! *(lacht)*

ACHTER und NEUNTER *gehen rasch in den Pavillon ab.*

VIERTER: Was er sagt, ist nicht halb so dumm, wie's klingt. Wenn dein Plan fehlschlägt, verlieren wir alle die Rübe. Das ist kein sehr erbaulicher Gedanke. Immerhin, der Fall liegt klar. *(beugt sich zum Siebenten vor)* Doch was wird aus uns, wenn der Plan *gelingt*? Dich machst du zum Minister oder zum Senatspräsidenten oder zum Botschafter beim Vatikan. Schön. Was der Mensch braucht, muß er haben. Aber *wir*? Er? Ich? *(zeigt zum Pavillon)* Sie? *(zeigt in entgegengesetzter Richtung)* Die übrigen? Was wird aus uns? Glaubst du im Ernst, daß er *(zeigt auf den Fünften)* wieder Lokomotivführer werden will?

FÜNFTER *lacht verkniffen.*

VIERTER: Daß er sich nach seinem feurigen Ofen auf Rädern zurücksehnt?

FÜNFTER *haut auf den Tisch:* Ich denk nicht dran!

SIEBENTER: Die Direktion der Staatsbahnen denkt noch weniger daran! Lokomotivführer, die im Suff Signale überfahren und dreiundachtzig Reisende in den Himmel befördern, statt in die Hauptstadt, sind nicht sehr beliebt.

FÜNFTER *springt vom Stuhl hoch:* Hör davon auf! *(ruhiger)* Antworte auf seine Frage. *(setzt sich)* Was wird aus uns, wenn dein Plan gelingt?

VIERTER: Wenn wir nun nicht wollen?

SIEBENTER *etwas gelangweilt:* Ihr seht das falsch. Die Lawine rollt schon. Kann man Lawinen aufhalten? Es wäre eine höchst ungesunde Beschäftigung.

FÜNFTER: Und wenn deine Lawine nicht rollt? Sie kann als Schneeball sterben. Weißt du's, während du hiersitzt? Nein!

VIERTER *ärgerlich zum Fünften:* Schweif nicht ab! *(zum Siebenten)* Nehmen wir an, deine Freunde draußen stricken ihren Strumpf wie du hier den deinen. Nehmen wir an, die zwei Strümpfe ergeben ein Paar, das paßt. Das zusammenpaßt. *Was,* wollen wir nun endlich wissen, wird dann aus *uns?*

FÜNFTER: Keiner von uns kann zurück, woher er kam. Jeder hat seine Gründe. Also, wohin? Willst du uns an die Fremdenlegion verschachern?

SIEBENTER: Ihr nehmt euch zu wichtig.

VIERTER: Laß uns ausstopfen. Fürs Panoptikum. Dann bist du uns los.

SIEBENTER: Man wird sehen. Eins steht fest: Taugenichtse mit voller Pension und aufmerksamer Damenbedienung wird es ab morgen nicht mehr geben. Und ein Altersheim für arbeitslose Vollbärte wird die neue Regierung nicht bewilligen.

VIERTER: Wir besitzen Verträge. Ihr müßt uns abfinden.

FÜNFTER: Wir verlangen Auswanderungspapiere.

SIEBENTER: Ich habe über euch noch nicht nachgedacht.

FÜNFTER: Das solltest du bei Gelegenheit tun!

VIERTER: Am besten, du tust es gleich!

SIEBENTER: Fürs erste weiß ich nur eins: Heute abend kehrt ihr hierher zurück.

VIERTER: Zurück? Wieso? Sind wir denn zu deiner Revolution eingeladen?

FÜNFTER: Welche Ehre! *(zum Vierten)* Wir dürfen dabeisein, wenn man unsre Existenz vernichtet!

VIERTER: Hast du für uns eine Loge reservieren lassen? Oder sollen wir eine Kaserne stürmen?

SIEBENTER: Ihr erfahrt es beizeiten. Jedenfalls, danach kehrt ihr hierher zurück. Für ein paar Wochen. Man wird mit euch einen Film drehen.

FÜNFTER: Einen Film? Mit uns?

SIEBENTER: Er wird im In- und Ausland Aufsehen erregen und, nachträglich, unsern Umsturz legitimieren.

VIERTER: Ich verstehe. ›Die Vollbärte von Schloß Belvedere‹ oder ›Die Präsidentenfabrik‹. Der Professor und wir in vollem Betrieb!

FÜNFTER: Auch der Pavillon mit den Mädchen? *(zum Vierten)* Du mit der besoffnen Kleinen in einer Liebesszene! Und Pauline mit dem Neunten im Nahkampf!

VIERTER: Der Professor als Filmstar!

SIEBENTER: Ein schönes Ende.

VIERTER: Ende? Ach so.

SIEBENTER: Früher zeigte man solche Leute während ihrer letzten Tage in eisernen Käfigen. Dann wurden sie gevierteilt, und die Legende vervierfachte sich. Heute werden sie und ihre Taten fotografiert. Die Geschichtsfälscher werden aussterben wie ein primitiver Völkerstamm.

VIERTER: Und wie steht's mit der Gage?

SIEBENTER: Wenn wir zufrieden sind, werdet ihr zufrieden sein.

FÜNFTER: Vielleicht mach ich eine Kneipe auf. Das wollte ich schon als Kind.

PROFESSOR *kommt aus dem Park auf sie zu.*

SIEBENTER *halblaut:* Aufstehen!

DIE DREI *erheben sich.*

PROFESSOR *setzt sich.*

DIE DREI *treten zur Seite.*

PROFESSOR: Unser Feiertag läuft wie am Schnürchen. Das ganze Land ist festlichster Laune. Befohlene Freude läßt sich von echter nicht mehr unterscheiden. Furcht wird Jubel. Auch in den Lagern werfen sie begeistert die Mützen in die Luft. Man müßte eine neue Psychologie schreiben. Thema: Die Seele als erziehbarer Mechanismus. Der Büromensch. Der

Kasernenmensch. Der Gefängnismensch. Der Fabrikmensch.

VIERTER: Eine Art Kochbuch. ›Hundert Rezepte, Menschenfleisch zu braten, zu kochen und zu verwursten.‹

PROFESSOR: Ganz recht. Etwas für Feinschmecker.

SIEBENTER: Warum tun Sie's nicht?

PROFESSOR: Vielleicht später einmal.

FÜNFTER *lacht hämisch:* Später?

VIERTER: Drehen Sie lieber einen Film!

FÜNFTER: Mit Ihnen in der Hauptrolle!

Beide lachen.

SIEBENTER: Laßt den Unsinn!

PROFESSOR *blickt auf die Uhr:* So. Jetzt hat man sich im Großen Palast versammelt. In einer Viertelstunde legt der Senat seine Befugnisse »freiwillig« in die Hände des Präsidenten zurück. Anschließend bedankt er sich für diesen korporativen Selbstmord.

FÜNFTER: Hoffentlich tritt er hinterher nicht auf den Balkon.

VIERTER: Sonst brauchen sie, in einer halben Stunde, womöglich schon wieder einen neuen Präsidenten.

PROFESSOR: Die wachsende Zahl der mißglückten Anschläge lähmt die Attentatsfreudigkeit. Sie können eines ruhigen Lebensabends hier draußen so gut wie sicher sein.

FÜNFTER *zum Siebenten:* Da hörst du's!

PROFESSOR *zum Siebenten:* In zehn Minuten vollzählig im Schulsaal! Wir wollen uns gemeinsam an der Übertragung der Nationalfeier erbauen! *(will gehen.)*

MAJOR *kommt im Chauffeurmantel aus dem Park. Zum Professor:* Da sind Sie ja!

PROFESSOR: Warum suchen Sie mich? Und wer sind Sie?

MAJOR: Ich bin der Chauffeur des Panzerwagens.

PROFESSOR: Nein.

MAJOR: Genauer, die Vertretung. Er selber wollte seinen Schwager zum letzten Mal besuchen. Im Gefängnis. Er wird morgen deportiert, der Schwager. Da brauchte er den freien Tag, der Chauffeur.

PROFESSOR: Die Papiere!

MAJOR *überreicht Schriftstücke und mustert die Runde.*

PROFESSOR *die Papiere prüfend:* Wieso schickt der Inspektor den Wagen *jetzt*? Während der Präsident bekanntermaßen der Nationalfeier beiwohnt? Ihre Fahrt grenzt an Unsinn!

MAJOR: Ich bin überfragt. Schließlich bin ich die Vertretung für einen Chauffeur und nicht die Palastinspektion. Für Gefälligkeiten läßt man sich ungern schief ansehen.

PROFESSOR: Ich rufe im Palast an. *(will gehen.)*

MAJOR *zieht den Revolver:* Laufen Sie bitte nicht fort! *(zu den übrigen)* Ist einer von euch der Siebente? Als ich ihn kennenlernte, hatte er weniger Haare im Gesicht.

SIEBENTER: Die Stunde ist gut gewählt, Major. *(zum Vierten)* Hol die beiden aus dem Pavillon. *(zum Fünften)* Du holst die andern. Bringt eure und unsre Hüte mit. Und die Handschuhe. Es soll ein korrekter Staatsstreich werden.

VIERTER *zum Fünften:* Der zweite Strumpf scheint zum ersten zu passen. *(ab in den Pavillon.)*

FÜNFTER: Hüte und Handschuhe, – wie bei einer Beerdigung! Na, es ist ja auch eine. *(nach der anderen Seite ab.)*

MAJOR *zum Siebenten, der die Taschen des Professors sachlich durchsucht:* Der Palast und die übrigen Schlüsselpositionen dürften jetzt in unserer Hand sein. Panzer schnüren die Ausfallstraßen ab. Parla-

mentäre an die auswärtigen Garnisonen sind unterwegs. Ich begleite Sie zum Rundfunk.

SIEBENTER *hat gefunden, was er suchte, und steckt es in die Tasche.*

MAJOR: Zyankali?

PROFESSOR *zum Siebenten:* Das kleine Praliné hätte mir und Ihnen viel Mühe erspart.

MAJOR: Sie überschätzen die Mühe. Außerdem, ein Volk zur Sau machen und dann an einem Praliné sterben, das hat keine Proportion.

SIEBENTER *zum Major:* Hatten Sie mit der Schloßwache Schwierigkeiten?

MAJOR: Der diensttuende Offizier war mit mir auf der Kriegsschule. Die Telefonleitung, der Autopark und die Hochspannungsanlage sind in unserer Hand.

SIEBENTER: Die Mannschaft?

MAJOR: Erhält ab sofort doppelte Löhnung.

PROFESSOR: Doppelt hält besser. *(zum Siebenten)* Eine meiner letzten Fragen – wer sind Sie?

MAJOR: Ihre *letzte* Frage! Vor etwa zwei Jahren fiel in London ein Mann aus einem Hotelfenster. Ein Emigrant.

PROFESSOR: Der »Tribun«, – ich erinnere mich. Es war ein sehr nützlicher Unglücksfall.

MAJOR: Der Mann fiel aus dem sechsten Stock, mit dem Kopf voran aufs Pflaster. *(auf den Siebenten zeigend)* Hier steht er.

PROFESSOR: Mit einem neuen Kopf?

MAJOR: Ihre Leute warfen den falschen Mann auf die Straße.

SIEBENTER: Genug!

MAJOR *auf den Siebenten zeigend:* Mit seinen Papieren in der Brusttasche.

PROFESSOR: Auf die auswärtigen Mitarbeiter ist kein Verlaß. *(zum Siebenten)* Der falsche Mann mit den richtigen Papieren. Der richtige Mann mit den falschen Papieren. Eine ungemütliche Verwechslung.

MAJOR *tritt, fertig zum Genickschuß, hinter den Professor:* Stehen Sie still! Haben Sie Angst?

PROFESSOR *sich exakt beobachtend:* Ich nicht. Aber meine Knie.

SIEBENTER *zum Major:* Lassen Sie ihn!

PROFESSOR: Auch die Hände zittern. Höchst peinlich. *(er schwankt.)*

MAJOR *zum Siebenten*: Wie Sie wünschen. *(steckt zögernd die Waffe ein)* Großmut ist Luxus.

SIEBENTER: Wir brauchen ihn noch.

ACHTER *eilends aus dem Pavillon:* Geht es wirklich los?

NEUNTER *folgt hastig, fährt in den zweiten Rockärmel:* Diese verfluchte Weltgeschichte! Jedesmal mitten im schönsten Vergnügen!

VIERTER *kommt als letzter:* Das kleine rabiate Biest wollte ihn gar nicht fortlassen.

ACHTER *auf den Professor zeigend:* Vor dem haben wir einmal gezittert! Wie die Zeit vergeht!

NEUNTER: Ist es der nicht, ist's ein andrer.

DORIS und PAULINE *kommen in Negligés aus dem Pavillon.*

DORIS: Tatsächlich!

PAULINE: Sie haben ihn nicht einmal gefesselt!

VIERTER: Das ist nicht mehr Mode.

ACHTER: Wozu auch? *(tritt gemächlich vor den Professor)* Nun zittert *er*.

PROFESSOR: Es handelt sich um einen bloßen Reflex.

ACHTER: Einen schönen Gruß von deinen Meerschweinchen! *(gibt ihm eine Ohrfeige)* Es ist ein »bloßer Reflex«. *(schlägt wieder zu.)*

PAULINE: Da will ich mal die Koffer packen und mich nach einem andern Etablissement umtun.

SIEBENTER *zu den zwei Frauen:* Ihr bleibt bis auf weiteres hier!

DORIS *zu Pauline:* Er will uns zu Nonnen umarbeiten. Revolutionären ist alles zuzutrauen.

PAULINE: Den Staat kann er vielleicht ändern. Mich nicht.

SIEBENTER: Ihr bleibt hier. Wir kommen wieder. *(kurz auf den Professor zeigend)* Und auf den paßt auf! *(zum Vierten und Achten)* Bringt ihn in den Pavillon!

PROFESSOR: Nein! *(will fliehen.)*

VIERTER *ihn festhaltend:* Hiergeblieben!

PAULINE *die Arme ausstreckend:* Komm, mein Süßer!

ACHTER *und Vierter zerren den Professor schrittweise zum Haus:* Sei nicht albern!

VIERTER: Marsch ins Bett!

DORIS: Endlich, Professorchen!

NEUNTER: Gleich werd ich eifersüchtig.

PROFESSOR *will sich losreißen, wird geschlagen und weitergezerrt. Die Männer, außer dem Siebenten und dem Major, lachen.*

PAULINE: So ungern kam noch keiner. Es kränkt mich. Wir werden ihm die Händchen auf dem Rücken zusammenbinden.

VIERTER: Auf deinem?

DORIS: Und ihm die Ohren zuhalten. Damit er nicht hört, wie er sich amüsiert.

SIEBENTER: Fort damit!

PROFESSOR: Nein!

VIERTER *und* ACHTER *stoßen den Professor ins Haus.*

PAULINE *folgt ihm energisch.*

STIMME DES PROFESSORS: Lassen Sie mich los! *(er wird geschlagen.)*

STIMME PAULINES *drohend:* Gib Tante Küßchen!

VIERTER, ACHTER und NEUNTER *lachen.*

DORIS *zum Siebenten:* Inzwischen, viel Erfolg und wenig Reue!

SIEBENTER *nickt kurz.*

FÜNFTER, ZEHNTER, ELFTER, ZWÖLFTER *usw. kommen in Hüten und Handschuhen, bringen die Hüte und Handschuhe der anderen mit und verteilen sie rasch. Alle machen sich ausgehfertig.*

DORIS *geht in den Pavillon und schließt hinter sich die Tür.*

MAJOR: Wollen Sie das Panoptikum wirklich mitnehmen?

SIEBENTER *zum Vierten:* Meldet euch beim diensttuenden Offizier und wartet an den Garagen!

VIERTER *zu den übrigen:* Im Gleichschritt, marsch! *(alle, bis auf den Siebenten und den Major, gehen, gehorsam und militärisch formiert, ab. In die Richtung, aus welcher der Major aufgetreten ist.)*

SIEBENTER *zum Major:* Während meiner Rundfunkerklärung werden die Kerle in den wichtigsten Bezirken der Hauptstadt auftauchen. Gleichzeitig und paarweise. Zwei Präsidenten, Arm in Arm, im Hafenviertel. Zwei vor den Kasernen. Zwei auf dem Großen Platz. Zwei zwischen den Hochhäusern der Staatsangestellten.

MAJOR *anerkennend:* Panzer und Gelächter, eine aparte Allianz!

SIEBENTER: Lachsalven helfen Granaten sparen.

MAJOR *lächelnd:* Nicht nötig. Wir haben genug. *(blickt auf seine Uhr)* Es ist soweit! *(beide wollen gehen.)*

SCHREIE DES PROFESSORS *aus dem Pavillon.*

SIEBENTER und MAJOR *bleiben stehen.*

SCHREIE DES PROFESSORS *werden leiser und ersterben.*

SIEBENTER und MAJOR *blicken zum Pavillon.*

MAJOR: Kein schöner Gesang.

SIEBENTER: Wie aus der Folterkammer. *(will auf den Pavillon zu.)*

PAULINE *reißt die Tür auf, holt tief Luft, lehnt sich schwer gegen die Türfüllung:* Ich hab es gleich gesagt, die Kleine ist verrückt. Beißt in den alten Gauner hinein wie in einen Apfel. Wir wollten sie wegzerren. Im Kino hab ich mal gesehn, wie ein Löwe ein Zebra hinmachte. Genauso. Und ihre Zähne sind rot wie von Lippenstift!

MAJOR: Die werte Kollegin hat den Herrn totgebissen?

PAULINE: Kollegin! Anständige Mädchen sind was Schreckliches. Sie nehmen ihre Haut zu wichtig, und damit bringen sie alles durcheinander. Wahrscheinlich ist er tot. Sie selber liegt auf dem Teppich und verdreht die Augen.

DORIS *tritt neben Pauline:* Das Zimmer Sechs hat's hinter den Ohren.

PAULINE: Mich bringen keine zehn Pferde wieder hinein!

DORIS: Er läuft aus wie eine Flasche Himbeersaft.

SIEBENTER: Holt das Mädchen heraus und schließt das Zimmer ab!

MAJOR: Es wird Zeit.

SIEBENTER: Lebendig wär er mir lieber gewesen. Kommen Sie! *(mit dem Major ab.)*

PAULINE *geht treppab:* Mir wär er lebendig auch lieber gewesen! *(setzt sich)* Im Grunde war er, glaub ich, 'n Masochist. Er wollte es nur nicht zugeben. *(räkelt sich)* Abends sind sie wieder zurück?

DORIS: Ja. Sie wollen nur rasch die Welt verändern. *(ins Haus ab.)*

PAULINE: Und wenn sie alles auf den Kopf stellen, – Frauen brauchen sie immer!

Vorhang

Das achte Bild

Vorstadtkneipe mit ungedeckten Holztischen. Rückwand: Großes Buntdruckbild des Präsidenten. Garderobehaken. Toilettetüren. Ein Spielautomat. Rechts: zwei Fenster zur Straße und die Eingangstür. Ein Radioapparat. Links: Biertheke mit Zapfhähnen und Spülbecken. Ein paar Hocker. Vorn Stufen hinter die Theke. Linke Seitenwand: Servierfenster zur Küche und Tür zur Wohnung.
Hinter der Theke die Wirtin. *Auf einem Hocker ein* Matrose *der Handelsmarine. An den Tischen ein* Buchhalter *bei Kaffee und mitgebrachtem Frühstück und ein alter* Hausierer, *der den Bauchladen auf dem Tisch abgestellt hat, beim Bier. Die vier starren auf den Radioapparat. Am Spielautomaten ein* Halbwüchsiger, *der unentwegt spielt. Manchmal klappert Gewinngeld.*

Stimme des Siebenten *inmitten seiner Funkansprache an die Bevölkerung:* ... So sah sie aus, die blutige Komödie!

Buchhalter: Wer's glaubt, wird selig.

Matrose: Halt's Maul! Ich erkenn seine Stimme. Er sprach früher aus London.

Stimme des Siebenten: Starb eine Marionette, durch Mord, Attentat oder Krankheit, holte man den nächsten Hampelmann aus der Schachtel. Verhaftete weiter. Enteignete weiter. Schändete weiter. Folterte weiter. Mordete weiter. Und ihr verkamt in Angst.

Wirtin: Und? Bier trinken auch Ängstliche.

Stimme des Majors: Achtung, Achtung! Es spricht der Tribun!

Stimme des Siebenten: Jagt eure Angst zum Teufel!

Hausierer *zur Radiostimme hinüber:* Ach, alter Freund...

Buchhalter: Kennen Sie ihn?

Hausierer: Ich kannte ihn.

Stimme des Siebenten: Die Mörder sind nicht mehr eure Richter. Die Strafe trifft wieder den, der sie verdient. Gesetz und Gerechtigkeit erkennen sich wieder. Sie wollen sein, was sie waren: Geschwister. Das schlechte Gewissen, diese letzte und schlimmste Plage der Unschuldigen, kehrt endlich dorthin zurück, woher sie kam: zu denen, die schuld sind.

Stimme des Majors: Achtung, Achtung! Es spricht der Tribun!

Stimme des Siebenten: Euer Eid gilt einem Manne, der vor drei Jahren auf der Straße starb. Einem Mörder, der ermordet wurde. Der Eid starb mit dem Mann.

Matrose *vom Hocker kletternd:* Der Kerl muß herunter. *(geht zum Bild an der Rückwand.)*

Wirtin *kommt hastig hinter der Theke hervor:* Laß ihn hängen! *(läuft hinter dem Matrosen her.)*

Matrose: Ich zertret ihm die Visage!

Stimme des Siebenten: Die Zeit ohne Eid und Gewissen ist vorüber. Ich bin, mit dieser Stunde, Chef der Provisorischen Regierung. Alle politischen Gefangenen sind sofort in Freiheit zu setzen.

Halbwüchsiger *verblüfft:* Da kommt ja auch mein Vater raus! *(weiterspielend)* Der wird sich umschaun!

Matrose *will das Bild vom Haken heben:* Der nächste Herr bitte!

Wirtin *ihm in den Arm fallend:* Er bleibt! Bis es in der Zeitung steht!

Buchhalter *ängstlich:* Recht hat sie. Vielleicht ist es ein Trick. Oder ein Hörspiel!

Stimme des Siebenten: Das Entschädigungsgesetz

und das Wahlgesetz wurden im Exil entworfen. Sie werden umgehend beraten und verabschiedet werden.

HAUSIERER: Und die Toten kriegen hübsche neue Köpfe.

MATROSE *hält die Wirtin derb gepackt und küßt sie.*

STIMME DES MAJORS: Achtung, Achtung! Es spricht der Tribun!

Draußen rollt ein PANZERWAGEN *näher, bremst und hält.*

HALBWÜCHSIGER *kurz interessiert:* Ein Panzer! *(spielt weiter.)*

BUCHHALTER *tritt zum Hausierer:* Es ist noch kein Schuß gefallen. Eine seltsame Revolution. Haben Sie Schnürsenkel für schwarze Halbschuhe?

HAUSIERER: Warten Sie lieber ab. Vielleicht werden diesmal schwarze Halbschuhe verboten!

STIMME DES SIEBENTEN: Unsere vornehmste Aufgabe wird es sein, Freiheit und Ordnung wieder ins Gleichgewicht zu bringen.

BUCHHALTER: Da haben Sie's! Ich nehme die Schnürsenkel. *(Der kleine Handel wird erledigt.)*

STIMME DES SIEBENTEN: Das ist keine Redensart. Es ist kein frommer Wunsch, sondern eine Notwendigkeit. Als Gegengabe erwartet uns das Vertrauen des Volks und der Völker.

WIRTIN *zum Matrosen:* Finger weg! *(rangiert ihre Kleidung)* Die Weltgeschichte steht kopf, und du zerreißt mir die Bluse! *(läuft hinter ihre Theke.)*

MATROSE: Du weißt nicht, was du willst. Aber das willst du.

STIMME DES SIEBENTEN: Wir wollen das Vernünftige mit den Vernünftigen erreichen. Alle unter der Diktatur abgesetzten Beamten und alle Funktionäre der

aufgelösten Parteien und Gewerkschaften stellen sich sofort zur Verfügung. Das ist eine Bitte, aber eine Bitte kann mehr sein als ein Befehl. Meldet euch sofort im Großen Palast!

PANZERSOLDAT *kommt, feldmarschmäßig, ins Lokal:* Sechs Flaschen Bier für meinen Panzer!

WIRTIN *eifrig:* Sofort, Herr Leutnant! *(stellt Flaschen auf die Theke.)*

STIMME DES SIEBENTEN: Unerprobte Gesinnung ist kein Beweis. Und Erfahrung ist nicht nachholbar. Wir brauchen *euch*! Wir brauchen die Erfahrenen und Erprobten!

BUCHHALTER *zum Panzersoldaten:* Hat's Tote gegeben?

PANZERSOLDAT: Wir haben einen kleinen Hund überfahren. Sonst wollte niemand vorzeitig sterben. Die Geschäftsleute ziehen schon wieder die Rolläden hoch.

WIRTIN: Das ist ein gutes Zeichen.

STIMME DES SIEBENTEN: Meldet euch sofort im Großen Palast! Der Staat braucht eure Kraft. Und die Jugend braucht euer Beispiel.

PANZERSOLDAT: Da steht ja die Jugend! *(gibt dem Halbwüchsigen eine Ohrfeige.)*

HALBWÜCHSIGER *während der Spielautomat Geld zahlt:* Sechsfaches Geld! Sie bringen mir Glück! *(spielt weiter.)*

STIMME DES MAJORS: Achtung, Achtung! Es spricht der Tribun!

MATROSE *das Bild des Präsidenten vom Haken holend:* Nun komm schon herunter, du alter Gauner!

BUCHHALTER *kichernd:* Mit dem Fortleben nach dem Tod ist's aus.

MATROSE *tritt mit dem Stiefel ins Bild.*

PANZERSOLDAT *verstaut das Flaschenbier.*

WIRTIN: Laß den Rahmen ganz!

HAUSIERER: Er kann nichts dafür.

WIRTIN *zum Panzersoldaten:* Das Bier kostet nichts.

PANZERSOLDAT: Die neue Zeit dankt. *(geht rechts ab.)*

STIMME DES SIEBENTEN: Die verbrecherischen Mitglieder des bisherigen Kabinetts, die Gouverneure und der gesamte Senat wurden während der Nationalfeier von Einheiten der Achten Panzerdivision verhaftet. Das Urteil wird nicht die Rache sprechen, sondern die Klugheit.

HAUSIERER: Man wird die Herrschaften an *milden* Stricken aufknüpfen.

STIMME DES SIEBENTEN: Alle Landräte, Bürgermeister, Richter und Lehrer bleiben bis auf weiteres im Amt.

BUCHHALTER: Früher hieß es: »Die *Kleinen* hängt man, und die *Großen* läßt man laufen.«

MATROSE: Der Mann ist gegen die Hanfindustrie.

HAUSIERER: Auch die Vernunft schafft sich Feinde.

BUCHHALTER: Sehen Sie *mich* an, – ich wäre längst Prokurist, aber ich war gegen das Regime. Und jetzt?

WIRTIN: Werden Sie *wieder* nicht Prokurist, Sie Charakter.

STIMME DES SIEBENTEN: Der heutige Tag, der, wie zum Hohn, als Nationalfeiertag begann, ist tatsächlich und wahrhaftig zum Nationalfeiertag geworden. Und es bedarf keiner Prophetengabe, schon in dieser Stunde zu wissen, daß ihn unser Volk, in Freiheit und Ordnung, noch oft begehen wird. Zur unveräußerlichen Erinnerung an schändlich schreckliche und in festlicher Hoffnung auf immer glücklichere Jahre. Laßt uns, frei von Furcht, das Heute feiern! Und morgen, Freunde, beginnen die Wochentage!

(Übermütiges Gelächter einer größeren Menschenmenge nähert sich auf der Straße.)

STIMME DES MAJORS: Achtung, Achtung! Es sprach der Tribun! Bleiben Sie an den Empfangsgeräten!

Wir kommen wieder! Der Tribun verläßt das Funkhaus und begibt sich im offenen Wagen zum Großen Palast! Bleiben Sie an den Apparaten! Panzer der Achten Division begleiten den Tribun! Sie hören ihn wieder aus dem Palast!

(Markantes Pausenzeichen bis zum Schluß des Bildes.)

DER VIERTE und DER FÜNFTE, *hinter ihnen eine johlende Menge, kommen hastig herein und stemmen sich gegen die lachend nachdrängenden Verfolger.*

EINE STIMME: Eine Runde für die Hampelmänner!

VIERTER *zerrt ein junges Mädchen ins Lokal:* Komm, mein Hühnchen! *(drückt mit aller Kraft die Tür zu.)*

FÜNFTER *dreht den Schlüssel um, aufatmend:* Das hätten wir! *(trocknet sich die Stirn)* Mein Hut hat ein Loch. So 'ne Bande!

MATROSE *lachend:* Zwei »aus der Schachtel«! *(zum Buchhalter)* Nun? Hat der Tribun gemogelt? *(zur Wirtin)* Eine Flasche Bier für die Herren Präsidenten!

VIERTER *nimmt den Hut des Fünften, hinkt zu den Garderobehaken und hängt die Hüte auf:* Das ist'n Wort!

WIRTIN: In diesem Lokal schließt nur einer die Tür ab, und das bin ich! *(kommt mit einer Flasche und zwei Gläsern hinter der Theke vor.)*

FÜNFTER *mit ausgebreiteten Armen:* Olga!

WIRTIN *setzt Gläser und Flasche auf einen Tisch und starrt den Fünften an.*

FÜNFTER: Wo ist Gustav?

WIRTIN *zögernd:* Auf dem Friedhof.

MATROSE: Seit 'nem Jahr.

FÜNFTER *begeistert zum Vierten:* Menschenskind, sie ist Witwe!

VIERTER *hinkt zum Tisch und schenkt Bier ein:* Gratuliere! *(trinkt)* Mir ist einer aufs Hühnerauge getreten. *(setzt sich.)*

Fünfter *umarmt die verblüffte Wirtin.*

Matrose *drohend:* Die Witwe ist meine Braut, Herr Präsident.

Fünfter *abwinkend:* Meine Braut war sie schon, als sie noch verheiratet war. *(flüstert der Wirtin etwas ins Ohr.)*

Wirtin *sträubt sich zunächst, dann:* Ich denke, du bist in Amerika bei der Eisenbahn? Auf der Ansichtskarte stand: »San Francisco ist gar nicht weit.«

Fünfter: Ja. Das stand drauf.

Vierter: Dabei wohnten wir um die Ecke! Aber trotzdem war's sehr weit weg ...

Fünfter: Ich bleib jetzt hier. *(geht hinter die Theke, zur Wirtin)* Und entlobe dich inzwischen! *(links in die Wohnung ab.)*

Vierter *zu dem jungen Mädchen:* Komm, mein Hühnchen! *(zieht sie zu sich.)*

Mädchen: Die Läden haben wieder geöffnet. Ich soll Brot und Milch holen.

Vierter: Du hast mich vorhin auf der Straße am Bart gezogen.

Mädchen: Ich wollte wissen, ob er echt ist.

Vierter: Jetzt bist du an der Reihe. Halt still!

Mädchen: Ich hab doch gar keinen Bart!

Vierter: Das ist Ansichtssache.

Mädchen: Aua! *(springt auf.)*

Hausierer: Setz dich zu *mir.*

Mädchen *setzt sich zum Hausierer.*

Matrose *zur Wirtin:* Was hat er dir ins Ohr gesagt?

Wirtin: Etwas, was die andern nicht hören sollten.

Vierter *zum Buchhalter:* Die Dame entlobt sich gerade. *(er trinkt.)*

Buchhalter: Und ein Hund ist überfahren worden. Eine schöne Revolution! *(zum Vierten)* Wenn *Sie* vor ein, zwei Jahren Präsident geworden wären, wär's uns *auch* nicht aufgefallen.

VIERTER: Erlauben Sie mal! Sie hätten vor mir gezittert! Wir haben uns sogar *untereinander* verwechselt!

HALBWÜCHSIGER *Gewinngeld kassierend:* Halten Sie doch mal 'ne kleine Rede! Ich spendier ein Bier.

VIERTER *nach kurzer Pause:* Abgemacht!

HALBWÜCHSIGER: Ein Bier für den Präsidenten! *(klimpert mit Geld.)*

WIRTIN: Noch ein Bier. *(will hinter die Theke.)*

VIERTER *hält sie zurück:* Setzen! *zieht sie auf einen Stuhl, erhebt sich, geht würdevoll hinter die Theke, öffnet eine Flasche, schenkt sich ein, trinkt und sammelt sich.*

BUCHHALTER: Wir sind die Staatsräte. *(Alle, außer dem Hausierer und dem Matrosen, spielen mit.)*

VIERTER *in Positur und Gehabe des Präsidenten:* Die Freunde achten uns. Die Feinde fürchten uns. Das ist in unserm verfehlten Jahrhundert keine Selbstverständlichkeit mehr. Nicht *in* den Staaten. Nicht *zwischen* den Staaten.

HALBWÜCHSIGER: Hoch! Hoch! Hoch!

VIERTER: Wir haben unsere Grenzen ausgedehnt. Nicht etwa, um unsere Macht zu beweisen. Wirkliche Macht hält keine Manöver ab.

BUCHHALTER: Es lebe der Präsident! *(Junges Mädchen fällt ein)* Es lebe der Präsident!

VIERTER *winkt, aus dem Konzept geraten, ab:* An der Stelle wurde nicht geschrien! *(memorierend)* ... Manöver ab ... Sondern ... Teile unseres Volkes ... Teile unseres Volkes ... *(wieder in der Rolle, zunehmend drohender und echter)* Im Land herrschen Ruhe und Einmütigkeit. Es bedurfte keiner Überredung. Das Volk wurde überzeugt. Noch gibt es vereinzelte Widersacher.

HAUSIERER: Freiheit und Ordnung!

VIERTER *zum Hausierer:* Neinsager aus Profession.

Verräter in fremdem Sold und Auftrag. Aber sie hocken im Mauseloch der Angst. Ein Schritt, ein Satz genügt, und sie sitzen in der Falle. Mauseloch oder Mausefalle, die Leute haben die Wahl. Diese und keine andre. Man lasse es sich gesagt sein.

WIRTIN: Ich krieg schon wieder Angst.

VIERTER: Die Arbeit wurde erst halb getan. Ganze Arbeit ist nötig.

Ein SCHUSS *fällt auf der Straße.*

VIERTER *taumelt, greift sich ins Gesicht.*

DIE ANDEREN *sitzen wie gelähmt.*

FÜNFTER *kommt aus der linken Tür, ohne Bart, in offenem Hemd und Strickjacke, der typische Kneipenwirt:* War das ein Schuß?

WIRTIN *springt auf:* Otto! *(läuft zum Fünften.)*

VIERTER: Blute ich? *(mustert seine Hand)* Nein. Einbildung. Merkwürdig. *(zum Fünften)* Nummer fünf ohne Bart!

MÄDCHEN: Das ist ja der *andere*!

FÜNFTER *zum Matrosen:* Hau ab, du Bräutigam! *(tätschelt die Wirtin)* Das ist nun wieder meine Sache.

WIRTIN: Wie gut dir Gustavs Jacke paßt!

Jemand rüttelt an der Tür zum Lokal. Schlägt gegen die Türfüllung.

STIMME DES PANZERSOLDATEN: Sofort aufmachen!

BUCHHALTER *springt an die Tür, dreht den Schlüssel um und öffnet:* O, der Herr Leutnant!

Der PANZERSOLDAT *tritt ein. Der Buchhalter schließt die Tür.*

Matrose: Haben Sie geschossen?

Panzersoldat: Ja. Auf eine leere Bierflasche. *(zum Vierten)* Wo ist der andere?

Wirtin: Welcher andre, Herr Leutnant?

Panzersoldat: Der andre Vollbart. Die Kerle sollen eingesammelt werden. Funkbefehl des Stadtkommandanten.

Vierter: Wo sollt ihr uns hinbringen?

Panzersoldat: Ins Militärgefängnis. Zwei von euch sind hereinspaziert. Zwei nehm ich mit. *(zückt den Revolver.)*

Matrose *auf den Fünften weisend:* Da steht der andre!

Wirtin: Das ist mein Mann!

Halbwüchsiger: Es ist der Wirt. Das sieht man doch. *(wirft Geld in den Automaten.)*

Matrose: Es *ist* der andre. Bärte kann man abschneiden. *(zum Buchhalter)* Stimmt's?

Buchhalter *zögernd:* Man darf es, glaub ich, auch.

Panzersoldat: Los, ihr Zwei!

Vierter: Wir sollen ins Belvedere zurück! Man will mit uns einen Film drehen!

Panzersoldat *die Waffe hebend:* Das Ding ist entsichert.

Vierter *zum Fünften:* Da hast du's! »Was wird aus uns, wenn dein Plan gelingt?« hab ich gefragt.

Fünfter: »Ihr nehmt euch zu wichtig«, hat er gesagt, der Herr Tribun. *(gibt der Wirtin einen Kuß.)*

Matrose: Entlobt euch etwas schneller!

Vierter *zum Fünften:* Komm! *(geht zu den Garderobehaken und holt die Hüte.)*

Wirtin *zum Fünften:* Seh ich dich wieder?

Fünfter *während er dem Vierten folgt:* Das weiß man heutzutage nie.

(Sie setzen die Hüte auf.)

Panzersoldat: Ohne Tritt, marsch! *(an der Tür, zur*

Wirtin) Und noch einmal besten Dank fürs Bier! *(er, der Vierte und der Fünfte rechts ab.)*

MATROSE *geht hinter die Theke, stößt die Wirtin zur halboffenen Wohnungstür:* Die Herrschaften entschuldigen uns ein Viertelstündchen!

Beide links ab. Die Tür schlägt zu.

BUCHHALTER *kichert, dann zum Hausierer:* Die Frauen haben es auch nicht leicht.

HAUSIERER *steht auf, nimmt den Bauchladen um und legt Geld für die Zeche auf den Tisch.*

BUCHHALTER: Sie kennen den Tribun?

HAUSIERER: Ich kannte ihn. Wir waren einmal Kollegen.

BUCHHALTER: Der Tribun war Hausierer?

HAUSIERER *lacht laut.*

BUCHHALTER: Und jetzt gehen Sie in den Palast?

HAUSIERER *auf dem Weg zur Tür rechts:* Nein, in den Stadtpark. Dort ist es sonniger. *(ab.)*

BUCHHALTER: Ein komischer Mann.

HALBWÜCHSIGER: Er wohnt bei uns im Hinterhaus. Früher soll er irgendwas in irgendeiner Partei gewesen sein. Dann war er zwei Jahre im Lager. *(spielt weiter. Das Mädchen schaut ihm zu.)*

STIMME DES MAJORS: Achtung, Achtung! Der Tribun befindet sich auf der Fahrt zum Palast. Laufend erreichen uns Funkmeldungen vom Übertritt weiterer Garnisonen. Der abgesetzte Premierminister wurde vor einer halben Stunde verhaftet, als er in Frauenkleidung die englische Botschaft betreten wollte. Aus dem Palast ist in Kürze eine Regierungserklärung zu erwarten. Bleiben Sie an den Empfangsgeräten! Auf Wiederhören! *Pausenzeichen.*

HALBWÜCHSIGER *zu dem Mädchen:* Mein Vater kommt wahrscheinlich aus dem Gefängnis.

MÄDCHEN: Und meiner kommt wahrscheinlich hinein.
(beide lachen verlegen.)
BUCHHALTER *nimmt das Geld des Hausierers vom Tisch und steckt es rasch ein.*

Draußen rollt ein PANZER *ab.*

Vorhang

Das neunte Bild

Der Saal des ersten Bilds. Die festliche Staffage unterbrechen, im Vordergrund, ein Klapptisch mit Feldstühlen, ein Feldtelefon und ein Mikrophon mit Kabeln, die zur Tür hinausführen.
Am Tisch, in Dienstuniform, der Stadtkommandant. *Vor ihm steht der* Inspektor. *Ein* Unteroffizier *überprüft die Kabelanschlüsse.*

Unteroffizier *das Mikrophon ausprobierend:* Die Verständigung ist gut? Keine Nebengeräusche? Nun noch die Telefonleitung! *(am Telefon)* Hallo! Der Herr Stadtkommandant läßt fragen, ob wir genügend Tonbänder mitgebracht haben. *(nickt)* Danke, Herr Oberleutnant! *(legt den Hörer auf)* Alles in Ordnung, Herr General!
Stadtkommandant: Danke.
Unteroffizier *salutiert und geht ab.*
Stadtkommandant *zum Inspektor:* Ihre Angaben decken sich mit unseren Informationen. Aber wir sind nicht über alles informiert.
Inspektor: Meine Kenntnisse stehen zur Verfügung.
Stadtkommandant: Es stört Sie hoffentlich nicht, daß ich Sie verachte?
Inspektor: Ehrlich gesagt, nein.
Stadtkommandant: Ehrlich gesagt?
Inspektor: Treue und Dummheit sind nicht dasselbe.
Stadtkommandant: Treue?
Inspektor: Ich habe manchmal darüber nachgedacht. Denn wer wäre gern ein schlechter Mensch? Noch dazu in den eignen Augen? Ich diene dem, der die Macht hat. Das ist *meine* Pflicht. *Seine* Pflicht ist es,

an der Macht zu *bleiben*. Büßt er sie ein, so bricht *er* die Treue.

STADTKOMMANDANT: Und was halten Sie von dem Worte Charakter?

INSPEKTOR: Es stammt aus den Lesebüchern, wie so manches Unheil. Charakter ist ein feineres Wort für Sentimentalität. Ein sehr schädliches Wort. Es kostümiert ein Laster als Tugend. Es ist schuld an den Katastrophen, die den Machtwechsel zu begleiten pflegen.

STADTKOMMANDANT: Man nennt dergleichen Geschichte.

INSPEKTOR: Es war meine Privatmeinung. Ich bitte, sie zu vergessen.

STADTKOMMANDANT: Gern. Der wievielten Regierung dienen Sie?

INSPEKTOR: Augenblicklich? Der dritten, Herr General.

STADTKOMMANDANT: Meinen Glückwunsch.

INSPEKTOR *verbeugt sich.*

MAJOR *kommt eilig durch die automatisch funktionierende Tür und salutiert:* Der Tribun fährt vor. Am Nebenportal Nord. Wie befohlen.

STADTKOMMANDANT: Gut, mein Lieber. *(am Telefon)* Hier der Stadtkommandant. Es ist soweit. Von diesem Saal aus erfolgt keine Direktübertragung. Keine! Verstanden? Sie machen nur *Tonband*aufnahmen! Über deren öffentliche Verwendbarkeit entscheidet niemand außer mir! Wiederholen Sie! Jawohl. Inzwischen: Marschmusik! Danke, Herr Oberleutnant! *(legt den Hörer auf. Zum Inspektor)* Die Häftlinge.

INSPEKTOR *schnell ab.*

MAJOR: Inzwischen Marschmusik. Und was sollen die Gefangenen *hier?*

STADTKOMMANDANT *steht auf:* Es ist gut, seine Feinde

um sich zu haben. *(tritt zum Major)* Und seine Freunde. *(zeigt aufs Mikrophon)* Vor aller Welt soll dein Tribun die Urteile verlesen.

MAJOR: Er ist nicht mein Tribun.

STADTKOMMANDANT: Ich weiß. Aber er weiß es nicht.

MAJOR: Und was heißt: vor aller Welt? Außer uns wird ihn niemand hören. Nur ein Tonband auf einer Spule.

STADTKOMMANDANT: Ich weiß. Aber er weiß es nicht.

MAJOR: Wer hat die Urteile gefällt?

STADTKOMMANDANT: Ein Standgericht.

MAJOR: Er wird sie *nicht* verlesen.

STADTKOMMANDANT: Damit spräche er sein eignes.

MAJOR: Er glaubt, was er sagt. Er sagt, was er glaubt. Er ist gut und will für die meisten das Beste.

STADTKOMMANDANT: Lauter Todesurteile.

SIEBENTER *kommt in den Saal, grüßt den Major mit einem Lächeln und mustert den Stadtkommandanten.*

MAJOR *salutierend:* Der Herr Stadtkommandant!

STADTKOMMANDANT *verbeugt sich.*

SIEBENTER *gibt ihm die Hand:* Sie haben den Tunnel vom andern Ende vorangetrieben. Ich danke Ihnen.

STADTKOMMANDANT: Wir treffen uns nicht auf halbem Wege. Die unterirdische Arbeit war Ihr Teil.

SIEBENTER: Gleichviel. Die List tritt ans Licht. *(lächelnd)* In Kostüm und Maske. Der Freund als Feind.

STADTKOMMANDANT: Die List ist gelungen. Die Macht hat sich etabliert. *(tritt zum Tisch und deutet auf eine Generalstabskarte)* Die letzte noch widerspenstige Garnison wird soeben vom dritten Bombengeschwader eingeebnet.

SIEBENTER: Eine einzige Garnison? Das ist Mord!

STADTKOMMANDANT: Der Garnisonschef ist *(schaut*

auf die Uhr), pardon, war der Sohn des verhafteten Kriegsministers. Das Nest verdarb die Optik.

MAJOR: Eine Schönheitsoperation aus der Luft.

SIEBENTER: Ein überflüssiger Mord!

STADTKOMMANDANT: Ein neunundneunzigprozentiger Sieg ist, in Bürgerkriegen, noch immer eine Niederlage.

SIEBENTER *beherrscht sich und wechselt das Thema:* Wann trifft das Flugzeug aus England ein?

STADTKOMMANDANT: London verweigert die Ausreise Ihrer Freunde. Vorläufig. Die Lage sei noch zu unübersichtlich, um jetzt schon Emigranten einzufliegen, die auf Ihrer Kabinettsliste stehen.

MAJOR: Das Ausland erkennt eine Regierung erst an, wenn sie konsolidiert ist. Und eine Regierung ist erst konsolidiert, wenn das Ausland sie anerkennt.

SIEBENTER: Sie sind lustiger, als ich dachte. *(aufs Mikrophon weisend)* Die Bevölkerung wartet auf die Bekanntgabe der Liste!

STADTKOMMANDANT: Zwei dieser Ihrer Freunde wurden vor einem Jahr englische Staatsbürger. Das macht den Fall besonders heikel.

SIEBENTER *gereizt:* Meine Freunde, meine Emigranten, mein Kabinett, mein In- und Ausland! *(aufs Mikrophon zeigend)* Die Bevölkerung wartet!

STADTKOMMANDANT *entnimmt einer Aktenmappe ein Papier:* Die Bevölkerung wartet. Hier ist die Liste!

SIEBENTER: Ich kenne sie auswendig.

STADTKOMMANDANT: Nein!

SIEBENTER *nimmt die Liste, überfliegt sie, blickt bestürzt hoch.*

STADTKOMMANDANT: Es waren Änderungen notwendig. Man kann keine Regierung proklamieren, deren Mitglieder im Exil festgehalten werden.

MAJOR: Minister mit fremden Pässen im Jackett sind

indiskutabel. Das Volk nennt sie jetzt schon nachgemachte Engländer. Vox populi!

SIEBENTER: Diese Männer nahmen, damals auf der Flucht, mehr Vaterland an den Schuhsohlen mit, als in euren Kasernenhöfen zurückblieb! *(schlägt auf die Liste)* Solche Leute wagen Sie mir, im Dutzend, als Minister anzubieten? Generäle, Luftmarschälle und Vizeadmirale, die jedem treu sind, der sie befördert?

STADTKOMMANDANT: Treue ist ein geräumiges Thema. Auch Patriotismus nötigt zu Zweideutigkeiten.

SIEBENTER *zerreißt die Liste und wirft die Fetzen auf den Boden.*

MAJOR *zum Siebenten:* Ein Friseur und ein Schneider warten im Grünen Kabinett. Der neue Staatspräsident muß, wenn er die Presse empfängt, anders aussehen als der alte.

SIEBENTER *beachtet ihn nicht.*

STADTKOMMANDANT *hat ein Papier vom Tisch genommen und hält es dem Siebenten hin:* Die Bevölkerung wartet auch. Hier ist ein Durchschlag der Liste.

INSPEKTOR *tritt ein und bleibt in der offenen Tür stehen:* Die Häftlinge.

STADTKOMMANDANT *nickt flüchtig und will dem Siebenten die Liste aufdrängen.*

SIEBENTER *schlägt sie ihm aus der Hand und schreit:* Das ist Verrat!

MAJOR *hebt die Liste auf und gibt sie dem Stadtkommandanten.*

Der KRIEGSMINISTER, *der* LEIBARZT, *der* PREMIER *(in derangierter Frauenkleidung), die* FRAU DES PRÄSIDENTEN, *der* SOHN *und der* SECHSTE *kommen, von* ZWEI SOLDATEN *mit Maschinenpistolen eskortiert, in den Saal.*

Die Tür schließt sich. Der Inspektor stellt die Gefangenen im Mittelgrund der Bühne auf.

KRIEGSMINISTER: Kleine Familienstreitigkeiten? Das ist recht.

INSPEKTOR: Halten Sie den Mund!

LEIBARZT *zum Kriegsminister:* Ein sehr tüchtiger Mensch.

KRIEGSMINISTER *zur Präsidentin:* Madame, dort steht Ihr Schlafzimmermajor! *(zum Leibarzt)* Ein noch tüchtigerer Mensch!

PRÄSIDENTIN *zum Inspektor:* Bringen Sie mir einen Stuhl, Sie Lakai!

STADTKOMMANDANT *zum Inspektor:* Einen Stuhl für die Dame!

INSPEKTOR *befolgt den Befehl. Die* PRÄSIDENTIN *setzt sich.*

MAJOR *verbeugt sich formell in Richtung der Präsidentin, die ihn ignoriert.*

PREMIER *zum Stadtkommandanten:* Ich bitte um einen meiner Anzüge, Herr General.

KRIEGSMINISTER *lachend:* Er möchte als Mann sterben.

LEIBARZT *zum Kriegsminister:* Das gegebene Thema für die Medizinischen Monatshefte! »Wie aus einem geborenen Staatsmann ohne operativen Eingriff ein altes Weib wurde«, – man müßte etwas mehr Zeit haben.

SIEBENTER *bemerkt die Gefangenen erst jetzt.*

SECHSTER: Tag, Siebenter.

SOHN DES PRÄSIDENTEN *zum Siebenten:* Er hat mir die halbe Münze ausgehändigt.

SIEBENTER *tritt auf die beiden zu:* Was sollt *ihr* hier?

SECHSTER: Man hat uns verurteilt.

SOHN: Und du sollst das Urteil über den Rundfunk bekanntgeben.

STADTKOMMANDANT *nimmt ein Papier vom Tisch.*

SOHN: Dergleichen gehört zu den Pflichten des Staatspräsidenten.

STADTKOMMANDANT *zum Siebenten:* Die sechs Häftlinge sind hauptschuldig. *(nimmt das zweite Papier und zitiert)* »Sie haben, maßgeblich und nachweislich, die Lebensdauer eines schändlichen Regimes mit allen Mitteln zu verlängern versucht.« *(senkt das Papier)* Ein von mir bestelltes Standgericht hat die Fälle geprüft und die Urteile gesprochen. *(hält ihm das zweite Papier entgegen)* Der neue Staatspräsident wird *(blickt auf die Uhr)* umgehend die Kabinettsliste und die Urteile verlesen. *(nötigt ihm das zweite Papier auf.)*

SIEBENTER *überfliegt das Papier:* Niemals!

STADTKOMMANDANT *am Telefon:* Funktrupp? Wir sind soweit.

MAJOR *stellt sich zur Ansage ans Mikrophon.*

SECHSTER *zum Siebenten:* Verlies unser Urteil, sonst sprichst du deines!

SOHN: Denk jetzt nicht an halbe Münzen! Tu nichts halb, und denk ans Ganze!

PRÄSIDENTIN: Vielleicht war mein Mann *doch* sein Vater.

KRIEGSMINISTER *zum Leibarzt:* Ungewißheit bis zur letzten Minute!

LEIBARZT: Ich habe meinen Patientinnen immer empfohlen, genaue Aufzeichnungen zu machen.

KRIEGSMINISTER: Erotische Buchführung!
(Beide lachen.)

SECHSTER *zum Siebenten:* Wie geht es dem Professor?

SIEBENTER: Er ist tot.

MAJOR: Ein junges Ding hat ihn umgebracht.

KRIEGSMINISTER: Wenigstens im Tod ein Lebemann.

SIEBENTER *zum Major:* Sagen Sie mich an! Ich werde sprechen!

MAJOR *ins Mikrophon:* Achtung! Achtung! Wir sind soeben im Palast eingetroffen.

KRIEGSMINISTER *halblaut zum Leibarzt:* Es wird das kleine Luder gewesen sein.

EIN SOLDAT *bedroht ihn mit der Maschinenpistole.*

MAJOR: Die Fahrt war ein Triumphzug. Die Volksmenge durchbrach jubelnd die Absperrungen. Der Ruf »Freiheit und Ordnung!« erscholl tausendfach und klang wie ein heiliges Gelöbnis. Es *war* ein Gelöbnis!

STADTKOMMANDANT *setzt sich hinter seinen Tisch.*

KRIEGSMINISTER *zum Leibarzt:* Sie haßte ihr Temperament mehr als mich.

LEIBARZT: Das will was heißen! *(schiebt die Mündung der Maschinenpistole lässig beiseite.)*

MAJOR: Ins Land der Furcht und Willkür werden Freiheit und Ordnung heimkehren. Sie werden heimkehren wie der Tribun. Er tritt nun als Staatspräsident ans Mikrophon. Freilich, »Freiheit und Ordnung« kann zu Beginn nur bedeuten: »Ordnung und Freiheit«. Das Wort hat – der Staatspräsident!

SIEBENTER *am Mikrophon:* Liebe Landsleute ... Ich kam in diesen blutgetränkten Palast, um euch das Kabinett der Freiheit bekanntzugeben. Eine stolze Liste ehrenhafter, erprobter Männer, die sich, in Jahren der Verfolgung und Entbehrung, unermüdlich auf jene Aufgaben vorbereitet haben, die ihnen heute, im Dienste der Heimat, feierlich überantwortet werden sollten. Statt dessen will mich ein General, den ich für meinen und euren Freund hielt, zwingen, ein Kabinett zu proklamieren, das aus einem Dutzend hoher Offiziere besteht. Aus Leuten, die noch heute früh der Diktatur dienten. Aus Kreaturen mit auswechselbarem Charakter. Aus Lakaien der ihnen zugeschanzten Ämter. Das ist Verrat!

LEIBARZT: Der Herr ist lebensmüde.

KRIEGSMINISTER: Neben mir ist noch ein Stehplatz frei.

SIEBENTER: Das ist Verrat an euch und an mir!

SECHSTER *warnend:* Siebenter!

SIEBENTER: Derselbe General hat mir sechs Todesurteile in die Hand gedrückt, die ich verlesen soll. Ein Standgericht hat sie unbefugt beschlossen. Neue Willkür gibt der alten die Hand. Doch meine Hand geb ich nicht! Zwanzig Jahre meines Lebens hab ich für diese Stunde aufs Spiel gesetzt. Nun steh ich hier, und sie ist schon vorüber? Was hab ich gewollt, und was will ich noch? Ein bißchen Glück für die meisten. Ein wenig Ruhe. Ein Eckchen Freiheit. Ist das denn viel? Mir liegt nichts an der Macht. Ich will nicht herrschen. Ich will mich nicht bereichern. Ich will keine Denkmäler. Trotzdem muß ich die Macht, gegen meinen Willen, wollen. Weil ich sie nicht mißbrauchen werde. Ich bin der einzige Mensch, den ich genau kenne und von dem ich sicher weiß, daß er sein Wort halten wird. Darum hört meinen Hilferuf! Er gilt *euch*! Hört ihn um euretwillen! Helft euch, indem ihr mir zu Hilfe kommt! Bewohner der Hauptstadt, kommt auf den Großen Platz! Kommt vor den Palast! Habt es eilig! Nehmt nicht erst die Mütze oder den Hut vom Haken! Ihr lauft um eure Zukunft! Kommt euch zu Hilfe! Kommt!

STADTKOMMANDANT: Genug. *(ins Telefon)* Dieses Tonband wird auf der Stelle vernichtet. Nicht nur gelöscht. *Vernichtet*, Herr Oberleutnant! Sie haften mit Ihrem Kopf. Und jetzt werde *ich* sprechen. Danke. *(legt den Hörer zurück, steht auf und gibt dem Major einen Wink.)*

MAJOR *geht ans Mikrophon, schiebt den Siebenten wie eine Sache beiseite und wartet auf den nächsten Wink des Stadtkommandanten.*

KRIEGSMINISTER *lachend:* Es hat ihn kein Schwein gehört!

PRÄSIDENTIN: Doch, Sie.

SOHN *bedeckt die Augen mit der Hand.*

LEIBARZT: Die Predigt ging ins Leere.

MAJOR *auf den Siebenten zeigend:* Wache!

DIE ZWEI SOLDATEN *treten, mit Maschinenpistolen im Anschlag, links und rechts neben den Siebenten.*

SECHSTER: »Mauseloch oder Mausefalle«, Siebenter, weißt du noch?

LEIBARZT *zum Kriegsminister:* In der Politik muß auch der gute Mensch ein Zyniker sein, oder es geht ihm wie dem da.

PRÄSIDENTIN: Richtige Männer sind richtige Teufel.

PREMIER: Man kann fehlende Legitimität nur durch Brutalität ersetzen.

KRIEGSMINISTER *zum Premier:* Gnädigste leben ja auch noch!

STADTKOMMANDANT *gibt dem Major ein Zeichen:* Knappe Ansage!

MAJOR *ins Mikrophon:* Achtung, Achtung! Wir befinden uns im Palast der Hauptstadt. Ihr bisheriger Kommandant, nun der Ministerpräsident des Landes, hat das Wort. *(tritt beiseite.)*

STADTKOMMANDANT *ins Mikrophon:* Liebe Landsleute! Schon glaubten wir, die Ablösung der unerträglichen Schandregierung durch besondere, dem Volk und der Freiheit gewogene Kräfte sei nicht nur gelungen, denn das ist sie, sondern wir hätten sie, im Einklang mit der öffentlichen Meinung, ohne nennenswerte Blutopfer erreichen können. Da trifft uns, eben jetzt, eine schwarze Nachricht mitten ins Herz. Die schwärzeste Nachricht aus heiterstem Himmel. Der Mann, dem wir den Sieg der gerechten Sache an erster Stelle zu verdanken haben, der Mann, den ihr als Tribun kanntet und der nun als Staatspräsident von hier aus zu euch sprechen sollte, – dieser Mann wurde vor wenigen Minuten beim Betreten des Palastes hinterrücks erschossen!

KRIEGSMINISTER: Donnerwetter!

STADTKOMMANDANT *ins Mikrophon:* Mit diesem uns so teuren, mit diesem großen Manne, mit diesem selbstlosen Freunde des Volks verlieren wir den Treuhänder unserer neuen Freiheit und zugleich den Mut zu ihr.

SIEBENTER *reißt sich los, springt zum Mikrophon und schreit:* Ich lebe noch!

MAJOR *stößt ihn zurück und zieht den Revolver.*

DIE ZWEI SOLDATEN *halten den sich Wehrenden fest.*

SIEBENTER: Ich lebe noch!

EIN SOLDAT *hält ihm den Mund zu.*

STADTKOMMANDANT *ins Mikrophon:* Die Schüsse aus dem Hinterhalt trafen ihn *und* die Freiheit. Die feigen Mörder sind entkommen. Wir kennen die Kreise, wo wir sie zu suchen haben. Und wir werden sie finden! Deshalb erkläre ich hiermit, als dezidierter Nachfolger des freilich Unersetzlichen, bis auf Widerruf den Ausnahmezustand! Nähere Weisungen erfolgen noch heute über den Rundfunk und durch Anschlag. So ist aus unserm Freudentag, gegen jede Hoffnung, ein Tag der Trauer geworden, und aus dem Fest der Freiheit der graue Vortag für das Staatsbegräbnis ihres Rufers und Erweckers. Laßt uns nun den großen Toten durch eine stille Gedenkminute ehren! *(geht zum Telefon und hebt den Hörer ab)* Herr Oberleutnant? Die Zwischenrufe werden auf dem Tonband sofort gelöscht. Anschließend erfolgt, nach eingeblendetem Pausenzeichen, die öffentliche Sendung. Danach eine Minute Funkstille. Und dann der ›Trauermarsch‹. Die ›Eroica‹? Gut, dann etwas ›Eroica‹. Also: Zwischenrufe löschen,

Sendung, Funkstille, ›Eroica‹, – ich danke! *(hängt den Hörer ein.)*

Leibarzt *zum Kriegsminister:* Da steht er nun, der Freiheitsheld, und ist längst tot.

Präsidentin: Hinterrücks erschossen, es stimmt aufs Haar.

Kriegsminister *zum Stadtkommandanten:* Der perfekte politische Mord. General, Sie sind ein großer Künstler.

Siebenter *sich losreißend:* Ich lebe noch! *(zum Major, der den Revolver hebt)* Schieß, du Lump! *(läuft zur Balkontür, stößt sie auf, tritt hinaus und ruft)* Ich lebe noch!

Inspektor *folgt ihm hastig.*

Major *will beiden nach.*

Stadtkommandant *hält ihn zurück:* Nicht nötig. Der Große Platz ist leer und abgeriegelt.

Stimme des Siebenten: Warum laßt ihr mich so allein?

Inspektor *kommt nach kurzer Pause in den Saal zurück:* Er ist vom Balkon gestürzt. *(sich einen Ärmel säubernd)* Er beugte sich weit über die Brüstung, dem ausgestorbenen Platz entgegen, rief: »Warum laßt ihr mich so allein?«, taumelte, als werde er ohnmächtig, ich wollte ihn halten, er verlor das Übergewicht, glitt mir aus den Händen und fiel in die Tiefe.

Präsidentin: Er hat seinen Tod nicht lange überlebt.

Sohn: Sein zweiter Fenstersturz. Und diesmal fiel er selber.

Kriegsminister *zum Inspektor:* Wahrscheinlich hat er Sie mißverstanden. Er hat geglaubt, Sie wollten ihn stoßen.

Leibarzt: Der Mann hatte Tugenden, die sich nicht einmal ein Dorfpfarrer leisten kann. Passen Sie auf, er kommt in den Himmel.

KRIEGSMINISTER: Da gehört er auch hin. Orchestersessel, erste Reihe.

INSPEKTOR *zum Stadtkommandanten:* Man muß die Reste beseitigen.

LEIBARZT: Das kann er, General.

KRIEGSMINISTER: Er ist die ideale politische Putzfrau. Er läßt kein Stäubchen übrig.

STADTKOMMANDANT *nickt dem Inspektor kurz zu:* Und bringen Sie die Häftlinge zurück!

INSPEKTOR *winkt den zwei Soldaten.*

DIE ZWEI SOLDATEN *nötigen die Häftlinge zum Aufbruch. Der Zug setzt sich in Bewegung. Die Soldaten verlassen den Saal zuerst. Der Inspektor überwacht, an der Tür, den langsamen, durch kurze Wortwechsel sich hinzögernden Abmarsch. Der Sechste geht, stumm und in sich gekehrt, als erster ab.*

SOHN *im Vorbeigehen zum Major:* Schämst du dich nicht?

MAJOR: Weswegen?

PRÄSIDENTIN *zum Sohn:* Laß ihn. Auch Fragen sind Antworten.
(Sohn geht ab.)

MAJOR *verbeugt sich knapp vor ihr.*

PRÄSIDENTIN *schaut ihn an, spuckt, leicht gelangweilt, vor ihm aus und geht ab.*

PREMIER *zum Stadtkommandanten:* Ich bitte, noch einmal, um einen meiner Anzüge. Früher pflegte man den letzten Wunsch eines Verurteilten zu erfüllen.

STADTKOMMANDANT: Früher ist nicht heute. *(zeigt auf die Tür)* Die Fotografen warten. Die Welt wartet auf Ihr letztes Bild.

PREMIER *zerfetzt seine Damenbluse, geht verstört ab.*

LEIBARZT *zum Stadtkommandanten:* In aller Feindschaft, – hüten Sie sich vor guten Menschen!

STADTKOMMANDANT: Keine Angst, es gibt nicht viele.

Der Tribun war unser Trojanisches Pferd, weiter nichts.

KRIEGSMINISTER: Ein Trojanischer Esel war er!

MAJOR: Das sogenannte Gewissen ist ein empfindliches Handicap.

LEIBARZT: Und eine Krankheit, die man, zu Unrecht, lange für unheilbar hielt.

STADTKOMMANDANT: Ich darf mich von den beiden Herren verabschieden?

KRIEGSMINISTER: Sie dürfen. Sogar für immer.

STADTKOMMANDANT: Aus dem Sturz des Regimes wurde ein Fenstersturz.

LEIBARZT: Und ein Kabinettswechsel mit tödlichem Ausgang.

STADTKOMMANDANT: Das System *und* Sie kann ich nicht retten.

KRIEGSMINISTER *zum Leibarzt:* Erst ist er ihn losgeworden. Nun wird er uns los. *(zum Stadtkommandanten)* Was macht mein Sohn?

MAJOR: Die Garnison wurde aus der Luft zerstört.

KRIEGSMINISTER: Dann muß ich mich beeilen. Vielleicht hol ich ihn noch ein.

Leibarzt und Kriegsminister ab.

STADTKOMMANDANT *zum Inspektor:* Dieser letzte Wunsch läßt sich erfüllen. Der Major wird die Urteile verlesen. Arrangieren Sie bis dahin alles Erforderliche.

INSPEKTOR: Sofort! *(schon in der Tür)* Der Sturz vom Balkon wäre vermeidbar gewesen.

STADTKOMMANDANT: Beeilen Sie sich!

INSPEKTOR: Mich beschäftigt das Staatsbegräbnis. Die Fallhöhe, schließlich die Marmorplatten auf dem Großen Platz, – der Tote dürfte nicht sonderlich dekorativ aussehen.

STADTKOMMANDANT *ungeduldig:* Und?

INSPEKTOR: Nun befindet sich unter den Verurteilten *(zeigt dorthin, wo der Sechste gestanden hat)* ein Doppelgänger. Seine Leiche wäre für den gedachten Zweck wesentlich geeigneter.

STADTKOMMANDANT: Details überlasse ich dem Fingerspitzengefühl meiner Mitarbeiter.

INSPEKTOR: Sehr wohl, Herr Präsident. *(eilt ab. Die Tür schließt sich.).*

STADTKOMMANDANT *gibt dem Major ein Papier*: Die Urteile des Standgerichts. Ich begrüße inzwischen die ausländischen Diplomaten. Die Herren warten, im Lesesaal, auf ihre Befreiung. *(lächelnd)* Es war zu gefährlich, sie während des Staatsstreichs in ihre Botschaften zu entlassen.

MAJOR *lächelnd:* Zu gefährlich für sie und für uns.

Das Telefon läutet.

STADTKOMMANDANT *hebt den Hörer ab:* Ja? Verbinden Sie mich! *(zum Major)* Der Militärflugplatz. *(ins Telefon)* Am Apparat. Das Flugzeug aus London? *(kurze Pause)* Bringen Sie die Leute, in verhängten Autos und unter sorgfältigster Bewachung, in die Kasematten! Kein Aufsehen! Strengstes Stillschweigen! Danke, Herr Oberst! *(legt den Hörer auf) Seine* Minister, nun sind sie *doch* eingetroffen! *(schließt eine Hand zur Faust.)*

MAJOR: Auch Glück ist ein Talent.

STADTKOMMANDANT *steht auf, hebt noch einmal den Hörer ab:* Wann wird meine Rede gesendet? Gut. Danke. *(legt auf)* Sie wurde soeben gesendet. Jetzt herrscht Funkstille. *(geht langsam zur Tür.)*

MAJOR *begleitet ihn:* Die Gedenkminute für den großen Toten.

STIMME DES SIEBENTEN *aus der Balkonrichtung, von weither:* Warum ließt ihr mich so allein?

MAJOR *der, ebensowenig wie der Stadtkommandant, die Stimme hört, im Weitergehen:* Dann folgt die ›Eroica‹.

STADTKOMMANDANT: Eine hübsche Unterhaltungsmusik für mein Erscheinen im Kreise der Botschafter.

DIE TÜR *öffnet sich. Die beiden Offiziere gehen ab. Die Tür schließt sich. Die Bühne ist leer.*

STIMME DES SIEBENTEN *zornig:* Warum?

Vorhang

Bücher von Erich Kästner

Bei Durchsicht meiner Bücher
Doktor Erich Kästners lyrische Hausapotheke
Drei Männer im Schnee
Die dreizehn Monate
Fabian
Gesang zwischen den Stühlen
Herz auf Taille
Die kleine Freiheit
Der kleine Grenzverkehr
Kurz und bündig
Lärm im Spiegel
Ein Mann gibt Auskunft
Notabene 45
Die Schule der Diktatoren
Der tägliche Kram
Die verschwundene Miniatur

Gemischte Gefühle
Kästner für Erwachsene
Kästner für Kinder

ATRIUM VERLAG
ZÜRICH

Erich Kästner im dtv

Foto: Süddeutscher Verlag

Doktor Erich Kästers
Lyrische Hausapotheke
dtv 11001

Bei Durchsicht meiner Bücher
Gedichte · dtv 11002

Herz auf Taille · Gedichte
dtv 11003

Lärm im Spiegel · Gedichte
dtv 11004

Ein Mann gibt Auskunft

»Linke Melancholie« nannte Walter Benjamin diese Verse.
dtv 11005

Fabian
Die Geschichte eines Moralisten

Berlin 1930. Ein arbeitsloser Reklamefachmann erlebt den Niedergang der Republik.
dtv 11006

Gesang zwischen den Stühlen
Gedichte · dtv 11007

Drei Männer im Schnee

Ein vergnügliches »Märchen für Erwachsene«, das durch seine Verfilmung weltberühmt wurde.
dtv 11008

Die verschwundene Miniatur

Die nicht ganz ernstgemeinte Kriminalgeschichte um einen Schlachtermeister im Urlaub.
dtv 11009

Der kleine Grenzverkehr

Die Salzburger Festspiele lieferten den Stoff für diese heitere Liebesgeschichte · dtv 11010

Der tägliche Kram
Chansons und Prosa 1945 – 1948
dtv 11011

Die kleine Freiheit
Chansons und Prosa 1949 – 1952
dtv 11012

Kurz und bündig · Epigramme
dtv 11013

Die 13 Monate · Gedichte
dtv 11014

Die Schule der Diktatoren
Eine Komödie
dtv 11015

Notabene 45 · Ein Tagebuch
dtv 11016

Irmgard Keun im dtv

Foto: Isolde Ohlbaum

Das kunstseidene Mädchen

Doris will weg aus der Provinz, die große Welt erobern. In Berlin stürzt sie sich in das Leben der Tanzhallen, Bars und Literatencafes – und bleibt doch allein. dtv 11033

Das Mädchen, mit dem die Kinder nicht verkehren durften

Von den Streichen und Abenteuern eines Mädchen, das nicht bereit ist, die Welt einfach so zu akzeptieren, wie sie angeblich ist. dtv 11034

Gilgi – eine von uns

Gilgi ist einundzwanzig und hat einiges satt: die Bevormundung durch ihre (Pflege-)Eltern, die »sich ehrbar bis zur silbernen Hochzeit durchgelangweilt« haben, die »barock-merkantile« Zudringlichkeit ihres Chefs und den Büroalltag sowieso. Da trifft es sich gut, daß sie sich in Martin verliebt. Doch als sie bei ihm eingezogen ist, kommen Gilgi Zweifel ... dtv 11050

Nach Mitternacht

Deutschland in den dreißiger Jahren. Ein Konkurrent hat Susannes Freund Franz denunziert. Als er aus der »Schutzhaft« entlassen wird, rächt er sich bitter, und Susanne muß sich entscheiden ... dtv 11118

D-Zug dritter Klasse

In der Zeit des Nationalsozialismus treffen in einem Zug von Berlin nach Paris zufällig sieben Menschen aus unterschiedlichsten Gesellschaftsschichten und mit unterschiedlichsten Reisemotiven zusammen ... dtv 11176

Ferdinand, der Mann mit dem freundlichen Herzen

Ferdinand ist ein Mann unserer Tage, eine provisorische Existenz, wie wir es ja mehr oder weniger alle sind. Es geht ihm nicht gut, aber es gelingt ihm, meistens heiter zu sein, das Beste aus seinem Leben zu machen. dtv 11220

Ich lebe in einem wilden Wirbel
Briefe an Arnold Strauss
1933 bis 1947
dtv 11229

Ruth Rehmann
im dtv

Der Mann auf der Kanzel
Fragen an einen Vater

Am Ersten Weltkrieg nahm er als Feldgeistlicher teil; zu Kaisers Geburtstag schickte er alljährlich einen Brief nach Doorn; er war weder Naziverbrecher noch Widerstandskämpfer – er war ein konservativer Pfarrer in einer kleinen rheinischen Gemeinde. Ruth Rehmann beschäftigt sich mit dem Leben und der politischen Haltung ihres Vaters. dtv 1726

Abschied von der Meisterklasse

Mit dem Auftrag, die Memoiren der gefeierten Geigenvirtuosin Claire Schumann zu schreiben, begleitet die Journalistin und ehemalige Meisterschülerin Hanna Steinbrecher die von ihr verehrte Lehrerin in ein Sanatorium. Doch ihre anfängliche Begeisterung läßt nach, je mehr sie sich mit der Vergangenheit dieser egozentrischen Persönlichkeit auseinandersetzt, deren ungewöhnliche Karriere im Dritten Reich begann …
dtv 10744

Illusionen

Mit den unterschiedlichsten Gedanken und Gefühlen lassen vier Menschen den Büroalltag hinter sich, um Entspannung und Zerstreuung zu suchen. Von ihren Erlebnissen und Abenteuern, von Glück und Enttäuschung, von Träumen und Illusionen erzählt dieser Roman. dtv 11091

Heinrich Böll im dtv

Foto: Isolde Ohlbaum

Irisches Tagebuch · dtv 1

Zum Tee bei Dr. Borsig
Hörspiele · dtv 200

Wanderer, kommst du nach Spa …
dtv 437

Ende einer Dienstfahrt · dtv 566

Der Zug war pünktlich · dtv 818

Wo warst du, Adam? · dtv 856

Gruppenbild mit Dame · dtv 959

Billard um halbzehn · dtv 991

Die verlorene Ehre der Katharina
Blum · dtv großdruck 25001

Das Brot der frühen Jahre
dtv 1374

Hausfriedensbruch. Hörspiel
Aussatz. Schauspiel
dtv 1439

Und sagte kein einziges Wort
dtv 1518

Ein Tag wie sonst
Hörspiele · dtv 1536

Haus ohne Hüter · dtv 1631

Du fährst zu oft nach Heidelberg
dtv 1725

Das Heinrich Böll Lesebuch
dtv 10031

Was soll aus dem Jungen bloß
werden?
Oder: Irgendwas mit Büchern
dtv 10169

Das Vermächtnis · dtv 10326

Die Verwundung · dtv 10472

Heinrich Böll/Heinrich Vormweg:
Weil die Stadt so fremd geworden
ist… dtv 10754

Niemands Land
Kindheitserinnerungen
an die Jahre 1945 bis 1949
Herausgegeben von Heinrich Böll
dtv 10787

Frauen vor Flußlandschaft · dtv 11196

Eine deutsche Erinnerung
Interview mit René Wintzen
dtv 11385

Rom auf den ersten Blick
Landschaften. Städte. Reisen
dtv 11393

Nicht nur zur Weihnachtszeit
dtv 11591; auch dtv großdruck 2575

Unberechenbare Gäste · dtv 11592

Entfernung von der Truppe · dtv 11593

Heinrich Böll zum Wiederlesen
dtv großdruck 25023

In eigener und anderer Sache
Schriften und Reden 1952 – 1985
9 Bände in Kassette · dtv 5962
(Einzelbände dtv 10601 – 10609)

Über Heinrich Böll:
In Sachen Böll –
Ansichten und Einsichten
Hrsg. v. Marcel Reich-Ranicki
dtv 730

James H. Reid:
Heinrich Böll. Ein Zeuge seiner Zeit
dtv 4533

Siegfried Lenz im dtv

Der Mann im Strom
dtv 102 / dtv großdruck 2500

Brot und Spiele
dtv 233

Jäger des Spotts
dtv 276

Stadtgespräch · dtv 303

Das Feuerschiff
dtv 336

Es waren Habichte
in der Luft · dtv 542

Der Spielverderber
dtv 600

Haussuchung
Hörspiele · dtv 664

Beziehungen
dtv 800

Deutschstunde
dtv 944

Einstein überquert die
Elbe bei Hamburg
dtv 1381 / dtv großdruck 2576

Das Vorbild
dtv 1423

Der Geist der Mirabelle
Geschichten aus Bollerup
dtv 1445 / dtv großdruck 2571

Heimatmuseum
dtv 1704

Der Verlust
dtv 10364

Die Erzählungen
1949 – 1984
3 Bände in Kassette/dtv 10527

Über Phantasie
Gespräche
mit Heinrich Böll,
Günter Grass,
Walter Kempowski,
Pavel Kohout
Hrsg. v. Alfred Mensak
dtv 10529

Elfenbeinturm und
Barrikade
Erfahrungen am
Schreibtisch
dtv 10540

Zeit der Schuldlosen
und andere Stücke
dtv 10861

Exerzierplatz
dtv 10994

Ein Kriegsende
Erzählung
dtv 11175

Das serbische Mädchen
Erzählungen
dtv 11290

Heimito von Doderer im dtv

Die Strudlhofstiege

Der Amtsrat und frühere Major Melzer, bei dem »im Oberstübchen das Licht nicht gerade sehr hell brennt«, löst sich allmählich aus der Bequemlichkeit überkommener Institutionen und Gewohnheiten und findet zu eigenen Einsichten. dtv 1254

Ein Mord den jeder begeht

Der Lebensroman eines jungen Mannes, der in den Wirren eines ungewöhnlichen Lebens schließlich zu sich selbst und zur Wahrheit findet. dtv 10083

Die Peinigung der Lederbeutelchen und andere Erzählungen dtv 10287

Die Dämonen

Im Wien der ausgehenden zwanziger Jahre werden Schicksale aus dem Großbürgertum und Adel, aus dem Arbeiter- und Intellektuellenmilieu zu einem schillernden gesellschaftlichen Gewebe verflochten. dtv 10476

Die Merowinger oder Die totale Familie

Durch ein wohlüberlegtes System etwas ungewöhnlicher Heiraten und Adoptionen ist es dem mittelfränkischen Freiherrn Childerich von Bartenbruch gelungen, sein eigener Vater, Großvater, Schwiegervater und Schwiegersohn zu werden. dtv 11308

Die Wasserfälle von Slunj

Österreich um die Jahrhundertwende. Die Zeit fließt langsam dahin: Man macht Karriere, man findet eine Geliebte, man will die Risse und Hohlräume im Fundament dieser Gesellschaft nicht sehen, man geht an seiner eigenen Blindheit zugrunde...
dtv 11411

Ein Umweg

Ein Roman von Galgen, Liebe und Tod. 1650, zwei Jahre nach dem Krieg, haben den ehemaligen Korporal Paul Brandtner seine Untaten eingeholt ...
Wird sein Leben friedlich enden?
dtv 11638